岭南文化知识书系·顺德名镇

岭南文库编辑委员会
广东中华民族文化促进会 合编

名镇杏坛

岑丽华 著

廣東省出版集團
广东人民出版社
·广州·

图书在版编目(CIP)数据

名镇杏坛／岑丽华著.—广州：广东人民出版社，2009.11

(岭南文化知识书系)

ISBN 978-7-218-06399-7

Ⅰ.名…　Ⅱ.岑…　Ⅲ.乡镇—简介—顺德市　Ⅳ.K926.55

中国版本图书馆 CIP 数据核字（2009）第 163574 号

责任编辑	夏素玲　黄洁华
封面设计	邦　邦
责任技编	黎碧霞
出版发行	广东人民出版社
	（地址：广州市大沙头四马路 10 号）
印　　刷	台山市人民印刷厂有限公司
	（厂址：台山市北坑工业开发区）
开　　本	889 毫米×1194 毫米　1/32
印　　张	4.5
插　　页	1
字　　数	62.5 千
版　　次	2009 年 11 月第 1 版　2009 年 11 月第 1 次印刷
印　　数	3000 册
书　　号	ISBN 978-7-218-06399-7
定　　价	15.00 元

如发现印装质量问题，影响阅读，请与出版社(020-83795749)联系调换。

【**出版社网址：**http://www.gdpph.com　**电子邮箱：**sales@gdpph.com】

图书营销部：020-83781020　83790604

岭南文化知识书系顾问

(按姓氏笔画为序)

岭南文化知识书系编辑委员会

出版说明

岭南文化是中华民族文化中特色鲜明、灿烂多彩、充满生机活力的地域文化，其开发利用已引起社会的重视。对岭南文化丰富内涵的发掘、整理和研究，虽已有《岭南文库》作为成果的载体，但《岭南文库》定位在学术层面，不负有普及职能，且由于编辑方针和体例所限，不能涵盖一些具体而微的岭南文化现象。要将广东建设成为文化大省，必须首先让广大群众对本土文化的内涵有所认识，因此有必要出版一套普及读物来承担这一任务。出版《岭南文化知识书系》的初衷盖出于此。因此，《岭南文化知识书系》可视作《岭南文库》的延伸。

书系采用通俗读物的形式，选题广泛，覆盖面广，力求文字精炼，图文并茂，寓知识性于可读性之中，使之成为群众喜闻乐见的知识丛书。

《岭南文化知识书系》由岭南文库编辑委员会与广东中华民族文化促进会共同策划、编辑，岭南文化知识书系编辑委员会负责具体实施工作，广东人民出版社出版。

岭南文化知识书系编辑部

2004年8月

《顺德名镇》总序

一个政府的襟怀，是可以从它对文化教育投入的力度窥知其大略的。就整体而言如此，从局部来看亦复如此。这里的所谓襟怀，是指抱负和韬略。高瞻远瞩的政府是没有不把文化教育置于议事日程的显著地位，并为实现其抱负而殚精竭虑的。这是因为文化教育关系民众的总体素质，而民众总体素质的高低又与社会的兴衰密不可分。国家的所谓软实力，说到底，无非就是文教建设所导致的各种积极效应。这一类效应似乎很抽象，但却十分实在。它无从以数字计量，但却悄然植入人心，足以化作难以估量的潜能和精神力量。

改革开放以来，尤其是最近几年，顺德党政领导对文教建设可以用一句成语来概括，那就是“不遗余力”。作为顺德乡亲，历年应邀参加家乡各种文化教育活动，次数已不知凡几，每一次都给我留下了深刻印象。顺德各级政府对文化教育的重视，使我对自己无限依恋的故乡的美好前景满怀信心。

在文化建设方面，顺德党政部门对出版工作付出了很大的努力，《顺德文丛》的出版，就是其中卓有成效的一项。“文丛”问世以来，广受欢迎，在读者中反响强烈。这套丛书已出版两辑，还将继续出下去。这是一桩很有意义的文化建设工程，自应贯彻始终。在这套丛书之外，他们又组织力量编辑出版《顺德名镇》，成为广东人民出版社重点图书《岭南文化知识书系》中的一个专列。《顺德名镇》书分十册，分别对顺德所辖十个镇级行政区域进行总体性介绍。各镇的历史沿革、文化底蕴、民俗风情、人物风采、社会发展等，都在各该书中有扼要而实在的叙述。这套系列书既是顺德各镇的“名片”，对外介绍自己的家业和履历，借以广交朋友，广结人缘；对内又堪作励志的家谱，让乡亲们特别是年轻一代从中了解家乡的历史和现状，为家乡的沧桑而赞叹，因祖辈的辉煌而感奋，并为必将到来的更为美好的未来而欢欣鼓舞。因此它不仅是亲切的乡土教材而已，它同时还是一份爱国爱乡教育的生动读物。据介绍，顺德在推进综合改革的试验中，强镇放权是一项重要内容，镇域发展进入新的阶段，名镇文化的建设也进入了新的阶段。

祝贺《顺德名镇》的出版，并希望这些“励志的家谱”不仅可以带来社会影响，而且还能够成为进入中小学生书包的辅导读物，引导青少年熟悉家乡、热爱家乡、建设家乡，以充分发挥这套丛书的作用。

2009年9月

（序言作者系著名作家、出版家、《岭南文库》执行主编、《顺德文丛》顾问）

目　录

前言

杏坛，位于西江下游冲积平原上的一个古镇，开村于南宋，建制于明代。纵横交错的河网，姿采各异的古桥，遐迩闻名的桑基鱼塘，带着典型岭南水乡特色的民居，承载家族文化的祠堂，集成水乡民俗文化的庙宇，兴旺繁荣的圩市，见证历史的古树名木，构成了一片有浓郁的岭南水乡风情和历史古镇遗韵的风景。在栉风沐雨的劳动生活中，杏坛人经过一代代的积累和升华，把劳动、生活、信仰及愿望提炼为精彩的民间民俗艺术，龙舟说唱、龙舞、龙舟赛、锣鼓柜、永春拳等文化样式在其各个村落长盛不衰，生机勃发。经济文化的昌盛催生了人才，小小的水乡曾涌现过明清时代的状元、近代的北大教授、蜚声世界的艺术家、各个时代的社会活动家和政治家、当代著名的银行家和慈善家，名人辈出，标志着杏坛人文深厚的底蕴。现在，杏坛的经济总量不断提高，民生事业全面加强，当代杏坛人以自己的奋斗业绩丰富着这个岭南名镇的内涵，为之添上绚丽的时代色彩，历久弥新的水乡韵致和古镇文化吸引着更多海内外人士的眼睛。

一、岭南水乡　人文风采

岭南，由于适宜农业开发，在秦汉以后，成为中原王朝不断利用移民进行扩张的地方。宋代以来，它更因远离战乱频繁的中原的地理位置，吸引着越来越多的汉族移民。

地处珠江三角洲腹地的水乡杏坛有如一方世外桃源，它地域广阔，四周均有大河与外界隔绝，符合饱经战乱的中原人远离烦嚣的居住理想；而它境内河汊密布，形成一个个各自独立的小区域格局，利于宗族聚族而居。故而从西汉起，便有中原移民到来定居、开垦，同时带来了中原的铁制工具和先进的工具制作方法，改变了当地的渔耕手段，促进了杏坛的开发，使杏坛人丁逐渐兴旺起来。

杏坛的人文历史，最早可追溯到二千多年前。据考古发现，在杏坛不少鱼塘底下1—3米处曾发现许多黑色胶泥层，在这些泥层中残存着牛、鹿、鱼类的骨骼及水松和介壳，这种地层性质的年代，主要是在西汉时期。另外，在杏坛的考古发现中，有逢简乡碧梧村的西汉遗址、龙潭安教的西汉遗址、马宁唐宋村落遗址和逢简乡出土的北宋时期人们的渔猎工具，这些发现都明证了杏坛是历史悠长的先民生息之地。

宋代，尤其南宋，是岭南开发、发展的一个重要时期，杏坛亦如此。许多村落也是在这个时候开村散居。东马宁黄甲坊“大社”社坛石刻上写着：“大宋淳熙庚子（1180）孟春何氏创立，大明万历丙子（1576）重修。”上地松涧何公祠碑文载：“始祖宋自南雄迁南海马村（按：即今上地村）而建居者。”根据清咸丰《顺德县志》的记载，光辉、西岸在宋咸淳九年（1273）

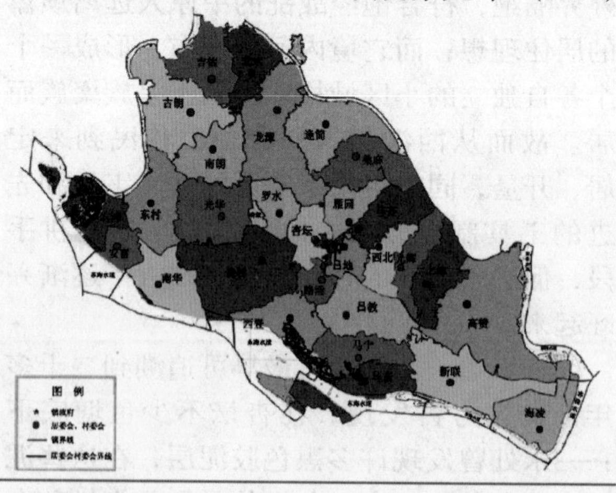

杏坛村居分布图

已有民居。

明景泰三年（1452），顺德建县后，杏坛一带属马宁都，辖下17堡。清代、民国到新中国成立后，杏坛建制均有所变化。今天的杏坛共有30个村（居），其中6个居委会，24个村委会。

杏坛位于顺德区西南部，北纬22°40′—23°00′，东经113°00′—113°23′，北靠西江顺德支流与龙江镇、勒流镇相望；南隔东海水道与均安镇毗邻；东至容桂水道与容桂街道办事处相连；西邻西江主航道与南海区和鹤山市交界。东北距顺德区政府所在地大良镇13公里，距广州市约50公里，香港80海里，澳门108公里。全镇总面积121平方公里，2008年户籍人口约12.7万，流动人口约5万人，海外华侨港澳台同胞5万多人。

杏坛位于亚热带季风性气候区，气候温和，光照充足，热量丰富，雨量充沛，有着丰盛的自然资源。这里是典型的岭南水乡，四面环水，河涌交错，鱼塘星罗棋布。清咸丰《顺德县志·耕错歌》曰："滨海生计重开荒，尽把勤劳格上苍。遍凿芦洲成沃土，涨沙随处角村庄。"一方面赞扬了顺德人民的勤劳，另一方面则指出了冲积土壤的土质肥沃。历史上，杏坛都是以桑基鱼塘、蔗基鱼塘和蕉基鱼塘立业，所有这些都有赖于其

星罗棋布的鱼塘

优越的地理环境。

发达的农业生产给杏坛带来了巨大财富和无限生机，带动了近代的商业贸易；长久积累的厚实的经济基础和人才基础又带来了杏坛当代的企业发展。改革开放以来，杏坛镇充分发挥自身的优势，打造“科技工业、生态农业、水乡文化”三大品牌战略，经济和社会发展取得了显著进步。近年来，杏坛镇以工业立镇为指导思想，全力打造“科技工业”品牌，加大招商引资力度，积极扶持民营企业的壮大发展，逐步形成了以康宝电器有限公司为龙头的五金家电产业，以德冠包装公司为龙头的塑料包装产业，以金丰漂染有限公司为代表的纺织制衣产业，以东方罐头有限公司为代表的食品加工产业。

杏坛是岭南著名的水乡，它的逢简村就

被誉为“顺德的周庄”，其实，像逢简村的“小桥、流水、人家”这样富有岭南水乡特色的村落，在杏坛还有很多。同时，杏坛人文历史源远流长，留下了很多古迹文物，大至祠堂、牌楼那样的大型建筑，小至村头的一块碑刻、屋前的一棵古树，都在无声地讲述着一段段历史故事。而体现这片土地的身份和价值的，还有从乡村走出来的名人，从状元到学者，从艺术家到社会活动家，从银行家到慈善家，从古代到当代，杏坛的任何一段时期涌现出来的人才都堪称翘楚。

世代生活于水边的杏坛人敬畏河神，“龙”成为他们的图腾，与龙相关的民间民俗文化独特而丰富。舞龙、唱龙舟、龙舟赛、龙母传说等等，是杏坛“龙文化”的代表，每逢相关的节日，这里便吸引了来自各地的人们，或观赏，或膜拜，让人感受到这块土地神奇的魅力。

水乡泛舟

二、水乡风情　古镇遗韵

当人们走进杏坛的村落，会得到双重的惊喜，一是这里完好的岭南水乡自然风貌，二是这里丰富的人文历史遗存。杏坛，堪称岭南水乡文化与历史文化的博物馆。那自古至今聚居杏坛并养育着杏坛人的水，那既是交通枢纽又是历史古迹的桥，那婆娑多姿、名目繁多的古木，那青砖黛瓦、临水而建的民居，那被岁月打磨光滑的石板巷陌，那一度蜚声海外而今残余轮廓的桑基鱼塘，那人们南来北往、熙熙攘攘的圩市，那高大宏伟却寂静无声的家族祠堂，那虽幽暗狭小却香火鼎盛的乡村庙宇，无不是令人着迷流连、值得深入探究的所在，它们就是杏坛兼岭南水乡与历史文化名镇于一身的证明。以下从几个方面介绍杏坛作为岭南水乡与历史名镇的双重价值。

纵横交错的河网

杏坛现有30个自然村落，大多数村落都有河涌流经，主干河涌又分成多支河汊，缓缓流过村庄，在河涌的转弯处、桥边等地方形成大小不一的节点，这些节点有的成了村落的公共活动中心，如宗祠，有的成了村落的交易中心，如桥边的墟市。河岸垒砌石头，河道绿树成荫，埠头密布，与埠头相对的就是深巷人家。有河涌就有了人群，有了村落，要看岭南水乡的格局，杏坛确实是活标本。

杏坛位于西江下游，流经杏坛镇域（齐杏联围）的过境水道（即西江支、干流）共有六段，总长54.95公里。因杏坛处于珠江

分隔鱼苗

三角洲水网地带，潮汐现象明显，故六段河流均为双向河流，分别有西江干流、东海水道、甘竹溪、顺德支流、容桂水道、一更涌。这六段河流含沙量均较少，是杏坛镇通航、捕鱼、排灌的主要河道。对此，清康熙时期的顺德诗人早有生动写实的描述，如罗世举《游甘滩》“野渡浮沉衣半湿，渔舟上下网成行。风光如此殊不恶，况复鲥鱼新脍香”，黄河澄《过甘竹滩》“风急潮初上，轻帆只半舒。停舟迎贾客，沽酒入村墟。远火沿江店，寒滩聚晚鱼。频年劳守望，农圃近安居”。

除上述六段主要河流外，杏坛境内还有十五条长度不等的内河涌和七条人工河，形成了杏坛纵横交错的水网。十五条境内河流是古朗涌、吉祐涌、北水涌、龙潭涌、逢简涌、桑麻涌、旧涌、竹筒滘涌、青云涌、北沙涌、马宁昌教涌、蒲海涌、增滘涌、光辉上地涌、东村涌。七条人工河是东海大河、新河、新光河、南光河、昌光河、金登河、红北河。

从明清到民国初年，杏坛与外界的交通运输主要以船只为主，进入杏坛境内则以小艇接驳。纵横交错的河网使杏坛水上交通发达，清末时期，顺德成为广东蚕丝主产区，杏坛丰富的蚕茧原材料都是通过水路运往外地。在产丝季节，轮船拖着茧船、丝艇在涌中穿梭往来，从西江水道、北江水道运往肇庆、梧州或番禺、广州等地。传说中的“一船蚕丝去，一船白银回”，形象地描绘了岭南丝都、岭南水乡商贸昌盛、水运繁忙的景象。直到20世纪60年代，人们的婚嫁迎娶仍以船艇为主要的交通工具。新中国成立后，陆路交通迅速发展，杏坛人逐渐弃舟登车，水上运输业才在杏坛日渐式微。现在在杏坛蜿蜒的河道上，我们还常看见村民们熟练地摇着舟楫，悠悠地穿行于古老的石拱桥之间。不少埠头都停靠着修长的小艇，它们还像昔日那样，随时听令于那傍水而居的主人。

小舟待命

姿采各异的古桥

水乡杏坛，历史悠久，早在汉代已出现居民点，因而留存至今的古建筑特别多，其中，最能体现水乡特色的当数古老的石拱桥。

杏坛是顺德保存石拱桥最多之处。整个顺德有十七座造型精美的古石桥被列为市文物保护单位，而其中杏坛古桥占了大部分，已成为水乡古镇历史地位和文化品位的重要象征。古桥既是水乡文化的符号，也是历史文化古镇的见证；既是从往昔到现在重要的交通枢纽，也是风格各异的艺术品。几乎每座古桥，都有一个令人神驰的传说，它们是水乡的文化神韵、精髓的所在。

以下介绍杏坛一些著名的石拱桥。

明远桥

明远桥　明远桥在逢简村，石质为粗面岩。县志记录桥为宋代李仕修建，这是顺德现存的有文献记录的最早的一座梁式三孔石拱桥。此桥历经重修，仅存明代风格。全桥长24.8米，顶宽4.7米，高4.5米，桥拱是纵联砌置法，桥栏华板刻有各种花纹图案，两旁望柱14条；每一柱头都雕有石狮子一只，造型生动。“文化大革命”时期，石狮子遭到破坏，现仅存十只。桥脚有垫石两块，类宋代遗迹。该桥特点是两边通道采用斜坡形，没有石级砌置，使古代车马畅通无阻，这是顺德石桥仅存的独特风格，也是顺德现存石拱桥最长的一座。为了保护历史文物，2009年，区、镇、村三级政府对明远桥进行了全面修缮。

巨济桥　巨济桥在逢简圩入口处，原有高大的木牌坊一座，“文化大革命”时遭拆毁。桥长24米，顶宽4.45米，高4.1米。每边通道各十二级石，桥栏华板刻有花纹图案装饰，桥栏两边各有望柱14条，柱头均有石狮一只，桥拱为纵联砌法，是一座梁式三孔石拱桥。县志载为宋代李仕修建。此桥历经重修，已无宋、元、明三朝痕迹，按桥身石刻记录，最后重修时间为1929年。全桥以花岗岩石砌成。

巨济桥

爱日桥　爱日桥在龙潭古粉，是一座梁式单孔石拱桥。桥拱为并列砌置法，石质为红砂砾岩。现存桥长13米，顶宽3.4米，高3.6米，桥栏华板雕刻有禹门（即龙门）、龙、双凤、牡丹及八宝图案，此桥建于明初。据传，冬至日太阳初升时，从桥脚望去，一轮红日落在桥拱与倒影形成的圆中心处，煞是好看，故名爱日桥。桥板的图案花纹在顺德现存古桥中形式最美，可惜三块华板已被推下桥底，至今仍在河涌里。2002年8月，镇文化站组织重修该桥时，在桥头增加了“状元荣归”、“爱日朝晖”、“紫阳衍派”、“二十四孝”等浮雕。

爱日桥

金鳌桥　金鳌桥在逢简。桥长14米，宽3.05米，高3.5米，为梁式单孔石拱桥。孔跨6.9米，拱为纵联砌置法。石质是粉红色砂砾岩，桥面是用白色水成岩砌成，桥横栏一边刻“金鳌”，另一边刻“玉蝀”二字，桥两边各有十三级石阶。该桥先后于1921年和2007年进行重修。据古老传说，该桥是逢简人清康熙进士刘云汉仿京城皇室花园金鳌玉带桥建造。

金鳌桥

引龙桥　跨鳌桥　起凤桥　这三座桥同在古朗村，同列一条河上，三桥互相呼应，皆为梁式单孔石拱桥，花岗岩石质，桥拱是纵联砌置法，没有桥栏。从现存建筑风格以及桥旁石刻记录来看，引龙桥应为清末民初重修，跨鳌桥为清光绪年间重修，起凤桥在1946年重修。据传古朗有五座石拱桥。除上述三桥外，还有一座叫青云桥，可惜现已不存。另有一座叫大塘细拱桥，桥尚在，但桥下河涌已被填为平地。

赛凤桥　赛凤桥位于光辉东宁里东面，建于清代嘉庆庚申年（1800）是一座梁式单孔石拱桥。石质为花岗岩。桥每边各有18级，无桥栏。桥长19.6米，宽2.9米，孔跨6米，桥前后均刻有“赛凤桥”三个字。

接龙桥　接龙桥在龙潭安教，建于明代，是一座梁式单孔石拱桥。石质为红砂砾岩。桥长8米，宽2.3米。桥前后刻均有“接龙桥”三个字。

广济桥　广济桥在吉祐村，建于明代，是一座梁式单孔石拱桥。红砂砾岩。桥长8.25米，宽3米，既有步行台阶，又有斜坡式的车轮过道。

另有跃龙桥、文明桥、永安桥、利济桥、关东桥等石拱桥。此外，杏坛还有不少石平桥，较突出的是吉祐大安石平桥，由三条各长9.8米，宽0.46米，厚0.39米的四方石扳拼成桥面，石桥两端分别有15级台阶。该桥始建于清代，初时两端各有9级台阶，意寓长长久久。后为抗御洪水，将桥面两端各升高台阶6级，意寓路路顺畅。杏坛尚有一些木平桥留存至今，较长的是马宁谭木镇文阜里的跨镇塘木平桥，全长15米，两墩之间有三块或四块各5米长的坤甸木板，共有十块，数百年过去，坤甸木板依旧保留完好。

遐迩闻名的桑基鱼塘

桑基鱼塘是珠江三角洲人民在明清时期创造出来的一种特殊的人工生态系统和农业生产模式，因其生产上形成良性的循环而出名。

当时，珠江三角洲一带存在许多“地势低洼，水潦频仍”的渍水地，这些低洼渍水地因易洪易涝，洪涝交替，不太适合普通作物的耕种。于是，勤劳智慧的先民们便将渍水地就势深挖为塘，泥土覆于四周为基，在塘中养鱼，在基上种桑，形成桑基鱼塘。

在桑基鱼塘的生产过程中，人们采取种养结合的形式，用桑叶喂蚕、蚕沙饲鱼、塘泥肥桑，形成“桑茂蚕壮，鱼大泥肥”的良性循环，各生产过程紧密相连，环环相扣，前一个环节产业的废弃物被后一个环节充分利用，无污染，无浪费，体现了朴素的生态环保意识和循环经济思想，形成雏形的生态农业，被人们称之为良性循环的典范、生态农业的先驱。也正因为此，桑基鱼塘一经产生，便迅速发展，并且在数百年内长盛不衰。

桑基鱼塘充分反映了珠江三角洲先民尊重自然、利用自然的生态文化意识以及协调自然、改造自然的创新能力，是我国生态文化的奇葩，也是珠江三角洲地区宝贵的历史文化遗产。桑基鱼塘不仅受到国内人们的青睐，而且还得到过国际社会的好评，曾被联合国教科文组织誉为“世间少有美景、良性循环典范”，并在国外大力推广与应用。

顺德与桑基鱼塘具有不可割舍的情结。一方面，在珠江三角洲各县市中，顺德的桑基鱼塘发展速度最快、发展规模最大、分布范围最广、生产技术水平最高。曾经一度，珠江三角洲这个面积最小的县，桑基鱼塘却最多，最盛时仅桑地面积就达66万亩，占整个珠江三角洲桑地的三分之一。另一方面，桑基鱼塘对顺德经济发展的推动作用最明显，对顺德的社会文化影响最深远。桑基鱼塘所带来的显著的经济效益使顺德很早就步入广东乃至全国的先进行列，人民丰衣足食。桑基鱼塘的商品性生产，很早就唤起了顺德人的商品经济意识，带动了顺德工商业的发展以及社会文化事业的进步。

正因为这样，人们在谈论桑基鱼塘时，一定离不开顺德；而在谈论顺德时，又不得不想起桑基鱼塘。

在杏坛这块河涌交错、基塘密布的土地上，桑基鱼塘自然成为重要的水乡农业文化。在过去的岁月中，桑蚕生产曾很长一段时间一直是杏坛农业的主要项目之一。特别是1922年，顺德一县的生丝出口占全国生丝出口总量的20%，在这一大好历史背景下，杏坛的桑蚕生产也达到了鼎盛时期。斗转星移，沧海桑田，随着区域经济的转型和社会文化的发展，改革开放以后，桑基鱼塘日渐式微，但是我们还能在水乡杏坛各处看到昔日桑基鱼塘遗留下来的面貌，鱼塘大多还在养鱼，而因为没有种植农作物，所以原来较为宽阔的基围现在都变成只能一人走过的狭窄小路。但是，这些鱼塘和基围依然不失为杏坛水乡的一道风情独特的景观。近年来，区、镇、村三级政府开展大规模的基础整治，基崩塘浅路难行的情况得到有效改善。

蕉基鱼塘

岭南水乡的特色民居

“楼台附舟楫，人家尽枕河”是杏坛水乡的特色，密密的水道，将杏坛的街道一块一块地分割开来，居民房屋临水而筑，屋前为街，屋后依河。街巷、河涌、桥梁、小舟互相连接，形成了杏坛“水巷舟桥多”的水乡人文景观。

杏坛的村落多为传统的“梳式结构”格局，以里巷为单位，规整有序，一家接一家，形成横平竖直的布局朝向，反映了岭南水乡的传统风水观。这些街巷的布局表现出向水性和向心性的特点。向水性主要表现在沿河涌的建筑朝向往往面向河涌，街巷垂直于河涌，直对埠头。向心性主要表现在民居以祠堂为中心，向心排列，体现了人们的宗族观念。各姓氏及各房以河涌为界分居村落各处，每一族都有自己的社，每个社都有各自的社神和埠头，彼此界限分明。从埠头到土地、社公，从祠堂到坊巷，建筑布局成为一个配套体系，整齐划一，有着丰富独特的人文内涵。

河涌岸边往往形成一条滨水林荫道，古木之下，布置着石桌石凳，成为村民休憩交流的天然场所，静谧而富有生机。

河涌埠头

村中的主道和巷中的小道，过去都是石板路，现在虽然部分为水泥覆盖，但仍遮掩不住杏坛水乡明清两代遗存的旧貌。小巷中的石板路一般宽两板到三板，走在小巷中，伸开两手，可以触摸两边斑驳的青墙。这里的建筑多为“青墙、黛瓦、白地”，通常是灰麻石街、灰麻石勒脚、灰青砖墙面，也有蚝壳墙、灰瓦屋面，在屋脊、檐下、墙头、梁架等重点部位上加强装饰，只有屋脊和山墙才饰以较鲜艳夺目的灰塑、陶塑。在屋檐与屋面交界处常施以黑边线，画上白色卷草，这丰富了立面变化，表现了建筑造型的节奏和韵律感。

建筑多以镬耳封火墙为独特的造型特征，即像镬耳的两耳，称“镬耳大屋”。镬耳山墙边的装饰，多为黑底的水草、草龙图纹，俗谓之“扫乌烟画草尾”。山墙上的草尾装饰线条优美，在黑底的衬托下，白色的草尾生机焕发，如鱼得水，是广府民系传统民居山墙上不可缺少的装饰图案。镬耳大屋

明清时期古道

又称“鳌鱼屋”，据说鳌鱼是西江流域族群的一种亲水图腾，而后又转化为龙母信仰、龙图腾崇拜，后引申为“独占鳌头”之意，只有拥有功名之人才能使用，后来有钱人的府第、村前的祠堂都采用这一建筑样式。传统建筑的屋脊还装饰夔纹，是五行之中南方尚水的一种建筑语汇，有深远的文化渊源。此外，龙船脊、风俗彩画、陶塑、灰塑以及神龛四周的砖雕和木雕、祠堂墀头上的精致砖雕、横梁上的斗拱木刻等形象，无不寓意着吉祥、长寿、如意、富裕等朴素的愿望。

杏坛现存的旧民居以平房为主，建筑类型以明字屋和三间两廊居多。明字屋为双开间，主间为厅，次间为房，厅前有天井，房后有厨房，独门独户。三间两廊模式是杏坛典型的古民居，有些以三间两廊为基本单位，并连扩大为多进多路大型院落。所谓三间，即一座三间悬山顶房屋，明间为厅堂，两侧为居室。屋前天井，天井两旁为两廊。天井为围墙封闭。房屋平面为规矩的长方形。两廊中，右廊开门与街道相通，一般为门房；左廊多作厨房。门一般采用脚门、趟栊和木板大门，俗称“三件头”。三件头大门既保持了居室的隐秘，又通风透气，既可观察门外，又有较好的防卫功能，还有较高的艺术价值。有的在三间后面加建神楼，楼上靠厅的一面有神龛，用以安放祖宗牌位。

杏坛现存的古民居，大多是清朝建筑。其时顺德已发展为富庶的岭南名县，农商并重，这时的民居既秉承明代法式，又兼容中原各地特色，做工追求艺术及造型美，布局讲究舒适、安逸，并考虑到官、商、农用途，体现了当时人们的审美追求和居住心态。

住宅是私人场所，体现着主人不同的个性、身份，尤其是遗留下来的名人故宅，成为今人观赏和瞻仰的古迹。此处要介绍的是昌教的黎氏大宅门和北水的尢列故居。

昌教大宅门　寻常巷陌的昌教，因为黎兆棠的大宅门而在近年名播远近。据记载：大宅主人黎兆棠出生于贫寒之家，父亲早死。所幸他少立壮志，勤奋于学，再加上天资聪颖，25岁中举，26岁中进士，官至江西

昌教教中堂（民居）

粮台、台湾道台等职。特别值得一提的是他任台湾道台时坚持爱国立场，大力整顿吏治，惩治恶霸，并对法国的不法商人严加管束，使其从此正视中国法律。

黎兆棠为官多年，深得同治、光绪皇帝的器重。1882年，由于长期积劳，健康状况越来越差，黎兆棠辞官回昌教调养，同时建祖屋和家庙祠堂。

昌教大宅门本是很大的一片建筑，据说原占地面积2万多平方米，但却只有两个1米宽的小门供进出。进门就是2米小巷，隔开三座建筑，靠祠堂的一座是上房，有阔落的大堂，但大堂却背朝外，没有门与外面相通，从小门进去后须走小巷经耳房方可进入。大堂与厢房、寝室之间有一小型园林，一棵上百年树龄的鸡蛋花树已爬满根须，一副垂垂老矣的样子。院内房子很多，但各间面积均不大；各寝室之间有竹子芭蕉相隔。寝室原本空间就小，还要隔成前后两层，可见大户人家的规矩极为严格。院内还有许多各种用途的小房子，不仅都有门通大院子，而且小房相互通达，形成间间相连的格局，使得整座建筑宛若迷宫。

由于许多小房都有两道以上的房门，所以大宅门里房门特别多。当地村民曾仿效为卢沟桥数狮子的办法，每数一道门就用粉笔画个记号，贴上序号，最后数出来的结果是99道门，寓意长长久久。当地村民称之为“三宅门”、“九十九道门”。现在当地还流传着一句颇有地方特色的歇后语：“三宅门的房门——数不清”。

黎兆棠位尊且贵，他的故居外观朴素，但细节却极为精致。据说以前曾有一个四周用七彩玻璃镶嵌起来的玻璃厅，非常漂亮，但现在玻璃厅已毁，只是一些房门上仍留有以前流行的七彩玻璃。另外，宅子里仍保留有大量精巧的木雕、砖雕、灰雕，是研究当时士大夫宅第建筑的重要蓝本。

黎氏家庙位于其祖屋左边，正合古制左庙右社的格局。黎兆棠辞官回昌教时，慈禧太后赐牌匾“忠孝堂”，光绪皇帝赐匾“御书亭”，所以黎氏家庙内建有御书亭，这有如同御驾亲临的作用，可以给予归隐老家的黎兆棠特别的保护。黎氏家庙的御书亭，开创了我国建筑史上祠堂家庙内建亭的先河，至今国内尚未发现第二例。

原黎氏家庙是三间三进的建筑，现西边厢房因建昌教小学，已被拆除。全祠占地1000余平方米，门前有开阔空地，小桥流水；建筑面积748平方米，为砖、木、石结构，硬山式顶。中座前便是御书亭，是由二圆二方四柱支撑的重檐歇山建筑，檐间有密集的斗拱；梁、檐木雕均极精美。左、右、前方各有石阶通天井，后则与中座相连；三面石阶均有石板护栏，护栏尽头的望柱上有精雕石狮。亭上原挂有赐包金牌匾，现已失。中座原有“教忠励俗”牌匾，据说因匾太好用，曾被卖猪肉的人借用去了，尽管现已

昌教黎氏家庙御书亭

觅回，但匾上字迹已模糊不清。然而，该祠仍有不少清朝精美的木雕、砖雕、灰雕等保留下来，不失研究、观赏价值。2008年，区、镇、村对家庙进行了全面修缮。

尤列故居　尤列故居位于北水村，始建于清道光十七年（1837），原是占地几十亩的大宅，有新旧两个花园。现存建筑占地351平方米，是二进的砖木结构建筑。

现故居门口是一条宽十多米的条状石板路，石板整齐划一，可见当年的繁华景象。大宅正面墙脚1.5米以下全是用平整的石块建成，大的石板长四五米，宽近一米，大门两边用两块石板黏合在一起，严密无缝隙。屋内窗雕、墙雕雕刻精美。堂上六根大柱子还很结实，没有一丝裂缝，使用的是进口的东京木。地面全用50厘米见方的红砖铺地，成菱形，是富贵人家的常用做法。2002年，尤列故居被列为广东省第四批文物保护单位。2008年，区、镇、村及其后人对尤列故居进行了重修。

尤列故居

承载家族文化的祠堂

昔日，在杏坛河涌岸上，青石板路边是一座接一座的祠堂，它们面水而立，注重风水，大气庄严，工艺讲究，蔚为壮观，令人不得不慨叹这个地方家族文化的一度兴盛，以及家族的兴旺发达。看杏坛的祠堂，可以看到这里浓厚的传统文化意识，看到杏坛发达的经济水平。今天，祠堂更成为杏坛民俗文化的代表。作为中国民间保存最好的古建筑群体之一，祠堂留给后人珍贵的历史、文化研究价值，是我们解读历代文明的一种途径。

顺德兴建祠堂，始于宋元，盛于明清。清代中后期，大小宗祠遍布城乡，为数逾万，构筑宏丽，建造精美。杏坛是顺德现存古祠堂最多的镇之一，各乡各村均有明清时建筑的古祠堂，尤其以马齐、逢简、昌教、古朗、右滩、光华、麦村、东西马宁、杏坛、龙潭、吉祐、南朗、桑麻等地为多。这些祠堂多建于明清两代，历经数百年风雨，部分建筑至今仍保存完好，诉说着杏坛数百年来的历史与变迁。

祠堂的建立，原是为了祭祖，祭祀是为了追祖德、报宗功，这实际上是强化人们不忘根本、回报根本的思想，是中国人教育后代的一种特殊方式。同时，祠堂祭祀还有激励子孙的功能。对祖先的思念之情和对父辈功业的自豪感，可以支撑整个家族的后代为了家族的名誉、地位和荣光而付出巨大的努力。于是，宗祠又成为家族系统的一种硬标志。封建时代祠堂的建筑格局有严格的制度，族中有人金榜题名，"青衣换紫袍"，这个宗族盖的祠堂才能"竖旗杆"，开"三山门"，设置"门当"、"户对"，各种设置还要与其人官位相应。这样，祠堂的存在就为人们光宗耀祖提供了一定的组织形式和表达形式，所以各宗族都将后代的教育摆到了重要位置，从而形成了杏坛繁荣的祠堂耕读文化。当时各祠堂都置有祭田或商铺，其收入除供族人祭祀外，还为生童提供应试卷金、会试路费。这无疑对较为贫困的生员、举人有一定帮助。每年的节庆，祠堂的祖业收入都拿出一部分钱来，按每男丁一份分发猪肉（俗称"太公分猪肉"——人丁一份）。为了能在祠堂前竖旗杆，不少族中老大都极关心同族人的教育，常会在族中设私塾，邀有德之士行圣人之教。杏坛历史上人才辈出，历代就出过2名文状元、59名文武进士、300多名文武举人、200多名贡生。究其原因，一来是杏坛文风鼎盛，乡民重教育、重科举，二来与众多的祠堂不无关系。反过来说，由于读书发家的人多，祠堂也得到了更好的建设和维护，所以杏坛留下的古祠堂也就特别多。

祠堂既然是一个时代文明的载体，它的建筑就有着一个时代的烙印。古代帝王按官吏的级别颁有祠堂的定制，建筑与装饰均有一定规格，祠堂的配置需与族人官位相当，不可僭越。在这个意义上，杏坛的“第一祠堂”要数右滩的黄氏大宗祠。这并不是因为它有着400年的历史，更因为黄氏出过顺德建县后第一位状元郎——万历状元黄士俊，且黄士俊官至宰辅，为多个皇帝重用，富贵荣华，人难相比。他的家族祠堂如今虽已陈旧，许多与状元、宰辅相配的设置也毁去无踪，但它的建筑开阔沉雄、气魄宏伟，一派名门风范，门前两侧旗杆石成排矗立，仍可窥见黄氏家族昔日的显赫。

祠堂建筑讲究风水，一般都着力于营造山水格局。杏坛是水乡，河涌密布，所以杏坛的祠堂多临水而建，然后在后园人工堆成小山，构成“仁者乐山，智者乐水”的格局。

祠堂作为一族的圣地，建筑风格要求庄严肃穆，所以形式讲究方正与对称。大型的祠堂有的面阔5—7间，深四进，成纵横两轴、四面完全对称的布局。杏坛的祠堂一般面阔三间，深三进，分为前座、中座、后座，左右对称，两边各有厢房，建筑面积在一二千平方米左右。

明代的祠堂多为木石架构，喜用莲花斗拱，山墙较低缓，色彩以灰白为主，建筑古朴淡雅，不事雕饰。清以后祠堂多以花岗石和黑木为柱，水磨大青砖为墙，硬山式顶，多用高耸的镬耳山墙，檐廊雕饰及壁画都趋精美，色彩也鲜艳起来。

祠堂是族人的骄傲，故而也是宗族用以夸耀财富地位的建筑，为此凡有财力的宗族总力求祠堂建筑的美轮美奂。许多祠堂保留有明清时精美的木雕、砖雕、灰雕，有

精美的砖雕、灰雕

的还有当时极珍贵的玻璃，很有观赏与研究价值。

今天，祠堂大多成为单纯的民间活动场所。许多修葺一新的祠堂平时也大门敞开，村民及游客都可自由出入。不少祠堂都挂上了“老人康乐中心”的牌子，供村中老人作娱乐休闲之用。村中的棋曲同好，也经常聚集在祠堂开展活动。祠堂作为一族重地的象征，常常牵动每一位游子的心。杏坛许多远居海外的赤子回到故乡，第一件事便是到祠堂向祖宗告知其平安归来。现今还不时有流落海外的杏坛人从世界各地回来寻根祭祖，认祖归宗。

以下介绍杏坛几座祠堂。

右滩黄氏大宗祠 建于明末，为万历状元黄士俊的家族祠堂。黄氏一族原籍福建莆田，后迁居南雄珠玑巷，宋末为避战乱迁到与右滩一河之隔的新会，最后迁至甘竹右滩。黄士俊高中状元后，官运亨通，一度官至宰辅，其宗族于有荣焉。

我国古代建筑善用空间尺度营造等级氛围，这在黄氏大宗祠的建筑中最有体现。该祠原占地二千多平方米，现只留主体建筑仍有1614平方米。大门外一片横向庭院，宽广开阔，气势不凡，左右两侧均有成排的旗杆石矗立，显见当年黄氏家族的显赫。主建筑

右滩黄氏大宗祠

是五间三进结构，间距极为开阔；两边梢间是长条石板砌成的包台，基座有古朴雕纹；居中三间有石级直上，均开有与间距等宽的大门。中间门口的左右各有人高的狮子一只，左边一只狮子足踩小狮子作啸呼状，可见主人家的尊贵身份。宽米许、高丈多的门板是整木锯成，门上横板有精致木雕，两侧门额上分别混雕花鸟纹饰，包金大字清晰可辨，左为“兆启鳌头”，右为“徽流燕翼”。

黄氏大宗祠的建筑设计大气简洁，雄浑敦厚，有大家风范。建筑用料极考究，中、后座的檐柱采用方形石柱，是已经打磨过的，手感光滑。大宗祠历经重修，保留有各时期的建筑风格，房梁、房顶、瓦脊、檐口装饰精美，集灰雕、砖雕、石雕、木雕和陶塑之大成，极具珠江三角洲明清时期祠堂建筑的典型艺术特点，尤其是本雕工艺精湛雅致，有较高的观赏价值。现为省级文物保护单位。2004年，区、镇、村对宗祠进行全面重修。

逢简宋参政李公祠　宋代庆元年间进士李仕修是一位进亦忧、退亦忧的真名士，在朝为官时力主抗金，退隐江湖后尽力为百姓做实事。他晚年定居逢简时，曾主修五桥以利百姓，其后人为纪念他而建的祠堂就坐落在他主修的明远桥附近，该祠堂占地并不广，仅五百多平方米，但用料上乘，木料均是上佳铁木，雕刻精细，硬山式顶，主脊呈两头起翘之势，脊上依稀可见有动植物雕饰；最独特的是祠堂前用花岗石料铺砌的栏杆，栏前方望柱各有一石狮。虽历经重修，但整座建筑还保持着素雅的原貌，隔河远远望去，一座清峻古雅的祠堂静默在蓝天白云下的寂寂乡间，与古桥流水相映，宛如一幅意境悠远的水墨丹青。

逢简刘氏大宗祠　刘氏大宗祠始建于明永乐年间，此祠由刘观成所建，当时曰“影堂”，又叫“追远堂”。刘观成（1377—1450），字喜韶，号松溪。原有堂联：“藜业校天禄之书，说苑谈经，世守先人典籍；

锦江汇地灵之秀，彭城派衍，绵长奕代簪缨。”据传逢简刘氏是中山靖王之后，与刘备同宗，都是汉高祖的后裔。刘氏大宗祠原来占地5000多平方米，现在面积虽然削减过半，但仍然有2600多平方米，其气势确是其他祠堂所无法比拟。虽然能证明它原有身份的许多设置都已毁去，但它五门的整体设计，在附近的祠堂中也算独具一格。刘氏大宗祠的第一道门是“藜光书院”入口；第二道门是“台门”，门上方的砖雕和绘画古朴而有特色，一扇油漆一新的门也还保留着些许古风；与之对称，大门另一侧有第四道门“阁道”；第五道门现已破旧不堪，但门上方仍隐约可见“广益围所”四字，里面收藏的是全族筑堤护围的工具。这五道门诠释了祠

刘氏大宗祠

堂的所有功能与内涵。

厚重的红漆大门后是三进的复式四合院结构的大宗祠主建筑，中座是追远堂，寓“慎终追远，孝思不匮”之意。追远堂前有墀地，墀地左右有石狮子各一，台周有白石护栏，这是探花的配置，说明族中曾有人中过探花。刘氏大宗祠因建祠时间较早，所以砖、灰、木、石均较朴拙，2002年乡民自发捐款重修后对外开放。院里种着两株有五六十年树龄的鸡蛋花树，悠悠散发着淡远芬芳。

马齐陈氏大宗祠 始建于明万历二十五年（1597），二十八年（1600）落成，曰“崇本堂”。主体建筑四柱三间，柱间采用石

陈氏大宗祠

雕组合斗拱，硬山式顶。主建筑开阔高大，山墙不明显，屋脊生动起翘。两旁附属建筑小巧，外墙有精致人物花草砖雕，镬耳山墙高耸。陈姓之始祖为长桑公，宋末自南雄珠玑巷徙居之桑麻乡中心村，至六世澮圃公于明洪武二十七年（1394）迁居马齐南岸洲，故澮圃公为马齐陈姓迁居之始祖。祠堂最近一次重修在2004年。

昌教林氏大宗祠　建于同治年间，1995年曾重修，现整座建筑占地面积近2500平方米，开阔大方。三间三进的砖木结构，从前院到后花园俱完整，天井、回廊、厢房都讲究对称。全祠木材采用的是进口的坤甸，石料则选用粗石岩，天井两边墙体上有人物浮雕，梁上亦雕绘有精美花纹及历史人物故事图案，据昌教林氏族谱载，该姓始祖为频昌公，号白云。大宋年间遇乱世，挈其子泉清自新会大江乡迁至昌教。

吉祐黄氏大宗祠　面阔三间，深三进。大门两旁包台高起，柱间使用叠层石雕斗拱。硬山式顶，镬耳山墙较小。全祠的柱子都是石柱，中后座用的是前方后圆六根柱子，大至合抱，高至丈许两丈，梁枋榫头直插进石柱。中座厢房的石柱采用南瓜柱楚，后座前左右各有石制排水孔，堂内铺有33厘米见方的红砖。虽然建筑内没有任何文字资料留下来，但大门外的地上散铺着多块明清时的旗杆石，最早一块居然刻着成化丙午科，另一块刻着弘治甲子科，都早于明王朝允许民间建祠的时间。推断此祠建于明朝，清时曾重修。

杏坛苏氏大宗祠　位于杏坛镇杏坛居委会，是县志有记载的现存较大的古祠堂。面阔三间，深三进，硬山式顶，砖木石结构，石柱为六棱形或八棱形，承托梁架的驼峰足饰云水纹、上刻缠枝花，雕工精细，斗拱装饰亦美观。从建筑风格看，祠的前座和中座是明代建筑，后座上盖却是典型清代风格，因此推断此祠堂建于明，清时曾重修。据载，杏坛苏姓自南雄珠玑巷移居顺德龙山苏埠，至五世佛僧公迁居杏坛乡，六世苏恺迁南朗。

除了上述简介的几个祠堂，杏坛现存的祠堂还有更多分散在乡村各处。在村中不经意间抬头，或许就能见到眼前的一座或因修葺而明艳，或因年久而荒芜的祠堂，它们是杏坛特有的语言符号，蕴涵着许多有待后人去探寻的故事和道理。

集成水乡民俗文化的庙宇

与杏坛的水乡文化相应，它的庙宇供奉

的神祇也与水有很深的渊源。

历史上杏坛镇各乡村都有庙宇，大小多寡不一，乡民将其庙神奉为“乡主”。每月的初一、十五和传统节日、神诞等，乡民皆到庙参拜。大的庙宇置有田产，田租收入及善信的香油钱用作“公尝”。收入多者，逢神诞或春节均抬菩萨出游全乡，请戏班搭台演戏，或举行赛龙艇、放花炮等群众性活动。庙宇建筑大多气势宏大，壁画雕塑精工细致，人物花鸟栩栩如生。

庙宇是乡人开展民间文化活动的依托和载体，不少民俗活动正是围绕庙宇内所供奉的乡主而展开的。例如每年盛大隆重的赛龙艇、划龙舟活动，珠江三角洲各县各乡的龙船都会在农历五月初八龙母诞的一大早齐集杏坛龙潭的龙母庙参拜，祈求风调雨顺后龙舟竞渡才告正式开始，参拜活动蕴含着众多的传统习俗和生命气息。不少龙舟就以本村的庙宇命名；有些庙宇的庙会极为隆重，多种的民俗表演都会汇聚于此，令人大开眼界。同时，庙宇建筑也是当时的建筑艺术、绘画艺术、雕塑艺术的集中反映，保存和欣赏庙宇可以从中考证其时的艺术文化。

杏坛的天后宫较多，几乎各村都有。水乡人家，开门见水，终年与水打交道，古人祈望天后元君能为他们消灾解难。天后何方神圣？东马宁天后宫内有碑文载："天后者乃福建浦田县湄洲岛人氏，生于北宋公历九百六十七年，农历三月二十三日，姓林名叫默娘，乃宋初都巡检林愿第六女。此女自生至弥月不闻啼声，故名默娘。自小聪明好学，八岁拜师训读，深通内经诸典，秘承玄微之法。长成后，时常神游海岛，为人民救苦除灾，屡显神功，被誉为玄天灵女。后升天而去，时年二十八岁，当地人崇奉为妈祖。此后历代皇帝均加封于默娘……"由此可见，天后元君是专门拯救百姓于水上的一位护神，人们尊崇她，正是赞颂她舍己救人的精神。

杏坛镇庙宇较大较旺的有龙潭龙母庙、五龙庙、麦村北帝庙、马齐康公庙、马宁太尉庙、马东天后宫、马东洪圣庙、杏坛天后宫、上地水月宫、高赞洪圣宫、西马宁雷祖庙、罗水关帝庙、光华万岁庙、右滩五岳庙、路涌三帝庙、齐杏文武庙等。"大跃进"和"文化大革命"期间，不少庙宇遭到拆毁破坏，一些庙宇变成工场、仓库、托儿所。改革开放后，不少华侨、港澳同胞捐资回乡重修庙宇。于是，初一、十五到庙宇参神，以及遇到神诞或春节抬菩萨出游的活动又兴旺起来了。

这里要介绍一座深刻体现水乡文化的神

庙——龙潭的龙母庙。

杏坛龙潭村河涌交错，古榕参天，桑基鱼塘阡陌纵横，自然环境优美，此处人们供奉的龙母庙远近闻名，每年五月初八，龙潭和附近各村的善男信女都会来庙参拜，各村的龙舟也纷纷前来为龙母祝寿，新造好的龙舟一定先到龙母庙点睛。

这座龙母庙有一个美丽的传说。相传，西江上游的悦城龙母庙内，有一位龙母娘娘，略感寂寞的她希望能随东去的西江水沿河漂流而下，一赏两岸风光。她隐身于一块木头之中，随江而流。木头漂流过肇庆、甘竹滩，进入西江的顺德支流，水流轻荡，龙母娘娘慢慢进入梦乡。这时，在龙潭涌附近，一位年轻的渔民正在支罾网鱼，他叫陈德公，勤劳而孝顺，远近闻名。这几天，他的母亲，卧床不起，很想喝到新鲜的鱼汤。陈德公一次次拉起罾，罾中一条鱼都没有，只捞到一根木头。念母心切的陈德公再次把木头扔进水中，口中祈祷道："木头啊木头，如果你有灵性，请保佑我下一罾能网到一些鱼吧，好让我回家给母亲做碗鱼汤喝。到时候，我会把你供奉起来，早晚烧香朝拜。"此时，附身木头中的龙母娘娘刚好醒来，听到陈德公的话，为他的孝行心生感动。她想起自己多年没见的孩子，应该也是跟眼前这位年轻人年龄相仿，不由得对陈德公产生怜爱之情，把他看成自己的孩子，很愿意在此享受人间的母子情。再打量龙潭的环境，古榕苍苍，芭蕉丛丛，流水潺潺，清风习习，好一个人间仙境。龙母娘娘暗自叫好，决定在此建一行宫。她作法把犯死罪的鱼虾押进陈德公的鱼罾。此时，陈德公再次拉起鱼罾，惊喜地发现里面竟装满了鱼虾，高兴地回家给母亲做了新鲜的鱼汤，母亲心情好转，病情减轻。陈德公十分开心，将木头供奉在神台上，跪地磕了几个响头说："木头啊木头，感谢您的救母之恩！以后，我要为您早晚诚心上香！"龙母娘娘听见，十分高兴。半夜，龙母现身为一位凤冠霞帔、慈眉善目的娘娘，托梦给陈德公说："我是悦城龙母，偶游至此，被你的孝心和此地美景打动，欲留居于此。"陈德公想起自己网鱼的奇遇，忙磕头称谢，恳请龙母娘娘安居于此，造福一乡百姓。龙母娘娘道："既然您诚心挽留，就为我于五月初八前在此建造一座行宫吧，所需材料和工匠我来安排。"说罢便消失了。德公醒来，发现满室余辉，余香扑鼻。过了几天，果然有几艘大船运来材料和工匠。在陈德公的组织和督促下，不久，一座庄严雄伟的龙母娘娘庙建成了。

这座庙坐落在杏坛镇龙潭村。青砖红瓦，安坐着龙母娘娘的神像，神像前还专门配置了梳妆台。屋脊双龙戏珠，墙头人物鸟兽山水，栩栩如生，玲珑逼真，大门题着“正中宏化育，柔顺启文明”和“龙颜如丽日，母泽似甘霖”等对联。龙母庙建成后，龙母娘娘亲自察看，十分满意。她又托梦陈德公道：“五月初八是吉祥日子，到时我一定来。”陈德公不敢怠慢，找人写下榜文，在全乡各处张贴，说：“五月十八是龙母诞，龙母会到庙里广施恩泽，望大家到时来庙参拜，诚心领受。”乡民听说龙母托梦筑庙的事情，也觉得龙母娘娘可亲可敬，于是，五月初八都来上香朝拜。天长日久，五月初八龙母诞的风俗一代一代流传下来，龙母庙成为寄托杏坛水乡人美好愿望的一处圣地。

龙潭龙母庙位于龙潭乡圩场，始建于宋咸淳元年（1265），清代年间重修多次，庙面阔三间，分前后两殿，硬山顶结构。门前两边各有一只清代雕刻的石狮，神态威严，栩栩如生。墙有壁画和神像雕塑，横梁和殿檐饰有故事人物和神像的雕刻，后殿正中供奉龙母娘娘神像，两边各有两个庄严威武的神像守护，庙内墙壁均绘有壁画及砖刻，造型生动，色彩鲜艳。

每逢节日或者五月初八的龙母诞，前往

礼拜的村民甚众，香火之盛为各庙之冠。附近各乡、村凡新置龙舟者均先划至此庙参拜，并请“龙母”为龙舟“点睛”，因而龙潭龙母庙名传远近。

与龙母庙为邻的还有五龙庙、天后庙，并称“三庙”。五龙庙建于咸丰元年（1851），乾隆四十九年（1784）重修，道光五年（1825）再重修。建筑采用抬梁式，砖木石混合结构，布局对称合理，分前后两殿，一对粉红色石狮子分立在门前两边石柱顶端。“大跃进”时庙内一切已拆除，后改作敬老院。后村委会决定重修该庙，将敬老院已搬出，于2004年下半年完成重修工程，对外开放。

龙母诞日的龙母庙

天后庙已拆，当年天后庙后座二楼是龙母梳妆楼，摆设有龙母梳妆台和龙床。到此参拜的善男信女都喜欢上龙床一“睡”，祈求心想事成。

兴旺繁荣的圩市

杏坛镇地处珠江三角洲腹地，水网纵横，交通方便，物品丰富，为商贸交易的兴旺繁荣创造了条件，自古便是兴旺集市之地。据旧县志记载：逢简在宋代“市集辐辏”。明朝中叶有逢简圩、龙渚圩、马宁圩。到清代更发展了齐安圩、麦村圩、马宁三角市、高赞大成市、右滩滩圩、龙潭悦来市、马齐关东市等较大的乡村集市，形成了以齐安圩为中心、各大乡村分布均匀的商业网络。

神仙圩　与其他的圩市相比，神仙圩颇具传奇色彩，且风格独特。这种独特性在其得名“神仙”中已有体现。神仙圩设在北水村一庙前的大榕树下，人称“社学榕荫”的宽阔地堂处，每年农历十二月二十一日为圩期。关于一年只有一天圩期的特点，民间流传着一个动人的故事：

乾隆年间的某年岁晚，有一艘满载缸瓦竹器的货船，欲经甘竹滩往西江卖货，遇暴风雨不能上滩，滞留在北水庙前。风雨连续数日，眼看无法依时赶到预定的地点，于是就地摆卖，不料销路奇佳，货物全部卖光。第二年，货主又运来缸瓦竹器在此摆卖，货物又很快全部卖光。原来当年货主的缸瓦器皿中有一个瓦棺材仔，上面写有“有福者来”四字，是一摆设玩偶。有一老翁买了此物放入箩中便消失了，人们遂互相传说是神仙下凡。北水神仙圩也由此逐渐传遍附近各乡，并日渐兴旺起来。

每年农历十二月廿一日，勒流、众冲、锦丰、百丈等附近村民一早便赶来趁圩。当时摆卖的都是年货，摆卖摊档不收地租，档主对小孩顺手偷点糖果糕点也绝不追究。另外，每年神仙圩日总是下雨，风雨却阻挡不了村民趁圩的兴致，却增加了神仙圩的神秘感。村民购物后多入庙参神，以求来年好收成。日寇入侵后，神仙圩衰落，神庙亦曾一度改为蚕亭。改革开放后，神庙重建，神仙圩日也随之恢复，现在每年神仙圩期，热闹不减当年。

杏坛圩　杏坛圩始于明代，称齐安圩，后称齐杏圩。随着时代的发展，圩市逐渐成为全镇政治、经济、文化中心，同时，农贸、商贸发展迅速。1956年后改称杏坛圩。旧圩东起吕地闸门，西至眉山古道闸门，跨约1200米；南起金洲桥，北至东城坊，跨约600米，面积0.6平方公里；三面环水，有水道通往各乡，货运方便，行业齐全。农历一、四、七为圩期。

民国时期的圩内街道从东至西有海旁街、兴隆街、织莴街、利来街、后街、中成街、丝行街、打铁街、横街等十三条，组成长曲条形状。街道由三、五板白石铺成。其中织篇街与兴隆街平行，中为合掌铺，即两条街四行铺。店铺多为私人产业，少部分属"公尝"。店铺为砖瓦结构，内设小阁楼，前铺后居，面积不大。本地人、外地人均有经营。中成街经营布疋为主。有"永和昌"、"新景象"、"华盛"、"经纶"等十多家，故又称"布街"。专业市场有桑市、茧市、丝行、蚕种行、鱼栏、米市、鸡鸭行等。

当时商贸货源多来自广州、容奇、勒流等地。有专职"巡城马"五人，为小商户到外地采购货物。货物由轮船运至新涌口，再用小艇接驳运至圩内。圩内设有"商会"，有治安团员近百人；还设有"日会"，用以调剂小商户日常资金之暂时短缺；另有"方便所"、"义祀祠"，是为横死街头的乞丐收殓遗体的慈善机构。

见证历史的古树名木

有水的地方，草木特别茂盛，杏坛就是这样一个能以绿化著称的水乡。同时，树木的年龄、数量和种类，能反映出一个地方的历史底蕴，因此，古木之多，已经成为杏坛古镇悠久历史的重要标志。

杏坛人很早就在河边、后山和村后广种树木。尽管经历了岁月沧桑，环境更迭，但如今杏坛境内的古树仍为数不少。据统计，杏坛百年以上的古树有一百多棵，经林场登记，第一批列为顺德古树名木保护的也有95棵；而树龄超过两百年的，在杏坛也有11棵，是顺德古树最多的一个镇。

见证历史的百年古树

杏坛的95棵古树，分布在吕地、麦村、马宁、逢简等17个村落内。其中，以麦村与马宁最多，共12棵，品种包括大叶榕、细叶榕、芒果、木棉、水翁和鸡蛋花等树。

在吕地西元坊，有一棵树龄280余年的细叶榕树，高28米，树冠面积达638平方米。另外，位于龙潭大巷涌边的细叶榕和北水社学的大叶榕，树龄也都超过260年。这95棵古树，至今仍葱葱郁郁，刚劲挺拔，除了为杏坛人民提供绝佳的纳凉场所以外，还为杏坛增添了浓厚的水乡特色，吸引了众多游客前来观赏。

在逢简巨济桥附近有一棵御赐金桂，此树花奇香浓，芳香远溢，据传是清光绪皇帝赐给李昌明的。李昌明，逢简人，清同治（1864）科举人，任海阳县教谕。当他告老回乡时，光绪皇帝赐他金桂树一棵。当时树高只得0.3米。其后人在抗日战争时转卖给当地一户梁姓人家，以后又从屋内移种到屋门口。此树现已5米，根深叶茂，桂花尤香。

杏坛镇确立了“整合水乡历史文化自然环境资源，打造‘水乡杏坛’品牌”的发展战略，以文化为牵引，构筑发展平台。改善杏坛的投资环境，推动杏坛的经济和社会的发展。

杏坛拥有保持完好的岭南水乡自然生态

资源，至今仍保留大量的历史遗迹和文化遗产，其中包括与江南水乡古镇周庄并称的岭南水乡古镇逢简、右滩状元黄氏大宗祠、北水村的九列故居、昌教的“大宅门”、散落各村的历代皇帝所赐予的贞节石牌坊、百岁牌坊以及书院、社学、祠堂、古桥、庵堂和大批的古树名木。走在杏坛乡村，几乎在每一个村落，都能与这些历史的遗存不期而遇，走在乡村的青石板路上，几乎每一段，都能看见路旁或脚下的石块上残存着某段已逝流年的留痕。它们带给我们不断的惊喜，惊喜于杏坛乡间人文历史的丰厚，惊喜于杏坛民间文物保存的良好。

为了防止侵占、遗失、遗漏、损毁历史文化资源，加强其保护开发工作力度，抓住有利机遇，做好“水乡杏坛”这篇文章，充分发挥杏坛自然资源和文化资源的效益，杏坛镇的文化主管部门做了大量的工作。在对文物保护工作上，向上请专家对各村的文物进行考察，对有价值的文物向区申报为保护单位；向下发动群众，在民间集资，利用民间的力量，尤其是利用好杏坛保存较好的宗族文化的影响力和实力，重修祠堂、古桥、府邸等等古建筑。其中古粉的爱日桥的重修、马齐的陈氏大宗祠的重修、光华梁耀枢状元府的修建，就充分体现出杏坛人对乡土历史文化的主动自愿的保护意识和行动。这些民间的文化保护工作中表现出来的杏坛人的热爱桑梓、无私奉献、埋头实干的精神，是十分感人的。正是因为杏坛人上下齐心，水乡的历史文物与文化才得以进一步保护和丰富。

三、风俗百态　民间艺术

作为历史悠久的水网交织地，杏坛比较集中且完好地保存着楚、越、壮的文化痕迹，在斑斓多姿的水乡风俗和民间艺术中，龙文化的特征分外引人注目，经过多年的积淀与提升，这些源于水乡民间的、带着浓郁的民俗色彩的文化艺术，逐渐成为珠江三角洲众多民间艺术中的一朵奇葩。比如，浪花飞溅、锣鼓喧天的龙舟竞渡，争奇斗艳、喜气洋洋的游龙巡游，形式多样、热闹非凡的舞龙，无不是水乡龙文化的精华，蕴涵着丰富的民俗心理，极富民间艺术价值和社会文化经济价值。还有唱龙舟和锣鼓柜这些民间艺术，同样是杏坛的民间文化名牌，在当代时尚文化的冲击下，正面临着存亡的考验。所幸的是，杏坛的水乡文化都有深厚的群众基础，他们意识到这些从历史深处走过来的民俗民间文化具有很高的历史价值和艺术价值，并以高度的热情想方设法给予保护、传承和发扬。

以下介绍几种杏坛民俗民间文化艺术样式及其传承、发扬之现状。

被评国家首批非物质文化遗产的龙舟说唱

唱龙舟是顺德一种通俗的民间说唱艺术，又称龙舟歌，因艺人在演唱时手持一木雕小龙船作为标志，故名。也有传龙舟歌本称龙朱歌，是天地会反清复明的一种宣传形式，暗含明朝天子姓朱的意思，后来觉得寓意过直才改名为龙舟歌。

说起唱龙舟的起源，准确的年份已无从考证，约兴起于清代乾隆年间，最早出现在顺德的龙江及广州方言地区，而以顺德腔为正宗，演唱者非顺德人也要先学顺德口音，曲调和唱词结构与顺德另一说唱艺术木鱼歌近似，艺人多在茶楼、渡口及乡村榕树头等公共场所卖唱，手持一木雕小龙船以为标志，胸前挂小锣、小鼓各一面，边唱边敲，内容多为谐趣故事及平安颂语。

龙舟歌说唱艺人早期说唱的民间传说、神话故事，都是前辈用口耳相传的形式保存下来的。当时说唱龙舟的民间艺人，大多因家贫，为糊口而辗转街头卖艺。明清时，曾出现过唱词品评时局的龙舟歌，称为“社会龙舟”，也有民间艺人在春节期间挨家挨户唱龙舟，编吉祥语作颂词，向主人祝贺祈福，讨点利是钱。精明的艺人，能根据主人的门第、职业颂唱相应的贺词，来博取主人多给犒赏，叫做“贺正龙舟”。

现在的民间艺人还在说唱龙舟，但意义已完全不同，他们很少再挨家挨户去说唱，只在镇村一些盛大的节日才会应邀演出。同时，唱词也发生极大的变化，他们将自己昔日走街串巷所唱的龙舟歌凭记忆整理下来，创作一些内容鲜活、具有时代气息的龙舟歌，颇受人们欢迎，使龙舟说唱至今仍然焕发其艺术生命力。

如今让许多民间艺人始料未及的是，他们昔日拿来糊口的乡音俚调，越来越受到政府部门的重视，并登上了大雅之堂，不少文化展演活动及春节晚会，唱龙舟都与粤曲一齐排列在节目单中，深受群众欢迎。1999年国庆节，由锣鼓柜、说唱龙舟、粤曲小调组成的乡村文化节目，登上了顺德庆祝建国50周年文化调演的大舞台，在众多文艺节目中脱颖而出，获优秀节目奖。

唱龙舟濒临失传，是因为随着时代的发展、经济的繁荣，会唱龙舟的人已凤毛麟角。正如前文所说，唱龙舟本来是家境贫寒的艺人用来卖唱糊口的，现在年轻一辈有学识、有能力，无需再继承这门技艺来求生。而原来会唱的不少已经去世了，在世的老艺人也很少出来唱。据了解，现在顺德会唱龙舟的不到十人，且大多年越古稀。在这些古稀老人中，杏坛北水村的三位老人却一如既往地热恋着唱龙舟，他们就是北水村96岁的尤庆崧、78岁的尤振发、66岁的尤学尧。

近年，区镇文化部门的工作人员来到北水，将三位老人会唱的龙舟歌录音、整理。广州电视台、佛山博物馆、顺德电台、《广州日报》等记者多次来访，给予报道，令这些民间艺人感动万分，深感说唱龙舟这一民间艺术继续发扬光大任务之重大。一有空暇，几位龙舟艺人便相约在古榕下联袂说唱，互相切磋，不遗余力地将这一曲艺精华传授给年轻人，使这一民间艺术之花更加璀璨。

古朗龙舟说唱的国家级传承人

2006年龙舟说唱被评为国家首批非物质文化遗产。在各级政府的关怀下，杏坛拨出专款，请专家授课和龙舟说唱艺人协助，办起了杏坛镇首届龙舟说唱培训班。首批参加学员有二十多人，并派骨干走进学校，培训了一批小学员，龙舟说唱多次出现在杏坛镇的各种文艺晚会上，都以其紧跟形势、通俗易懂的特点大受欢迎。为龙舟艺人伍于筹制作的CD碟大受欢迎，成为很多人学习龙舟说唱的范本。

异彩纷呈的龙舞

杏坛，一个被文化部命名为中国民俗民间艺术之乡的古镇，除了有屡获殊荣的龙舟、彩龙外，还有金银龙（纱龙）、人龙、国际标准龙、火龙、金银童子龙、板凳龙等。现逐一介绍几种龙的特征、组织和发展。

光华人龙舞　人龙，顾名思义就是由人组成的一条龙。人龙由118个有一定武术功底的运动员组成，分为龙趸（底部）和龙身（上部）两个部分。饰龙趸的运动员个个孔武有力，穿深蓝式服装；饰龙身的运动员穿橙黄色服装，两手持红色绸带骑在饰龙趸运动员的肩上。人龙表演由“起龙”、“腾龙”、“盘龙”三个部分组成，用时10—13分钟，中途不需换人。表演时龙身与龙趸配合默契，动作一致，龙身随着锣鼓声的节奏

光华人龙舞参加广州岭南民族民间艺术节演出

时坐时卧，或急或缓，翻动手中的彩带起舞。在晚上演出时龙身配以红绿灯光闪烁，犹如彩龙夜空中上下翻飞，形象生动逼真，十分好看。

1953年，光华乡的民间武术南派教头林普孙的弟子和北派教头林公让的弟子各40人组织起一条人龙，联合操练，硬桥硬马的南派弟子饰龙趸，身轻如燕的北派弟子饰龙身，汇人武术套路，配以锣鼓声指挥。这条人龙曾在德胜广场演出，好评如潮，此后每年中秋节和春节都进行舞人龙表演，吸引了无数观众，获得了热烈的喝彩声。

1995年，为恢复这项群众喜爱的活动，镇、村以及港澳乡亲筹资购置了服装、锣鼓等道具，经过选拔人才、集中训练，人龙再次起舞。

在1996年到2001年杏坛镇闹元宵大巡游中，光华村的舞人龙别开生面，独树一帜，引起轰动。《广州日报》、《南方日报》、《佛山日报》、《顺德报》等众多媒体争相采访。广州电视台在专访节目中，更将光华舞人龙誉为“中华一绝，别无他龙”。

国际标准龙　国际标准龙按标准规定：龙身长18米，直径33厘米，运动员10人，乐手6人。整个舞龙套路时间规定为8至9分钟，动作要符合盘、游、翻、滚、穿、腾、缠、戏等龙的形态。创作整个套路时要内容丰富、构思巧妙、结构新颖、风格别致，动作之间需有机联系，动作与音乐和谐，配合完美，整体统一，既有观赏价值，亦能达到强身健体的作用。它利用人体多种姿态，将力度、幅度、耐力揉于舞龙技巧中，或动或静，展现出龙的精神气韵。

国际标准龙

经严格训练的

杏坛镇国际标准龙，在代表顺德参加广东省首届龙狮大赛中获得殊荣，在参加历次节日的游行表演也获得群众的一致好评。

北水金银龙　杏坛镇北水村早在清初就有舞龙的习惯。在每年农历十二月二十一日“神仙圩”或在其他喜庆节日里，舞龙队伍便穿街过巷到各坊祈求风调雨顺、国泰民安。日军侵占后，这一民俗活动逐渐式微。直至改革开放后，人民生活日益安定，80多岁的尤四姐用自己平生的积蓄，购置了金、银龙各一条，赠送给北水男、女子舞龙队，尤振发、尤志长等老人筹款购置了服装、锣鼓、彩旗、罗伞等，北水村又组织起60人的男（金龙）、女（银龙）舞龙队。经严格训练，舞龙队的舞龙技巧得到大大提高，在多次参加市、镇的大型庆典活动中获得好评。《中国体育报》曾把北水女子舞龙队、均安女篮、顺德女子醒狮、顺德女子龙舟合称为顺德妇女体育项目中的“四杰”。

此后，北水又购置了8条小龙，在北水小学组织了8支小龙队。在杏坛镇的“龙腾狮跃迎千禧”晚会以及“民俗大巡游”中，北水的金龙队、银龙队及小龙队均受到了群众的好评。

受北水舞龙队的影响，龙潭大社也组织了男、女子舞龙队，这使得杏坛镇在大型的庆典活动中形成了群龙腾飞的热闹场面。

龙潭火龙舞 火龙又称香火龙，是杏坛特有的民俗文化活动之一。传说隋唐时期，人们在这古老的水乡辛勤耕耘，除了受蛇虫鼠蚁的扰袭外，还常遭涝灾之苦，生活苦不堪言。他们只好求告于菩萨，并供拜龙王，求龙王大发慈悲，别滥发洪水。其间有人用稻草捆扎成龙状，插上香火，抬到寺庙供人参拜，是年风调雨顺，获得丰收。此后每逢庙诞，乡民不仅继续供奉火龙，还抬着火龙到处巡游，于是，香火龙逐渐成为当地特色文化。

稻草是制作火龙的主要材料，从外地购回。民间艺人选择色泽金黄、柔软的稻草，捆扎成龙身，再捆扎龙头、龙尾拼成龙，插上香火便成为一条栩栩如生的火龙。2001年元宵佳节，龙潭大社一条长30米的火龙参加杏坛镇民俗艺术大巡游，吸引了无数群众的观看。只见龙身香火点点，烟雾飘渺，犹如夜空中的点点星光。运动员举着火龙忽左忽右，上下翻腾，博得无数的鼓掌与喝彩声。

龙潭板凳龙 明末崇祯年间，龙潭乡一带常有土匪流窜作案，抢掠百姓财物。传说当时的武状元、龙江人朱可贞特为乡民抵御外来骚扰创建了一种“龙”。它以舞龙的方式布阵，此阵以龙为形，合则成龙，可直闯

敌阵，分则为兵，可就近伤敌。

板凳龙以20人为一队，1人为龙首，1人为龙尾，其余18人各持一张长凳为龙身。龙首在前引路，龙身龙尾亦步亦趋，作龙状起伏前进。若龙首遇敌，龙身则迅速蜷缩，包围龙首，龙身各人可持凳伤敌；若龙身遇敌，其余各人则在龙首的指挥下，以多敌寡；若龙尾遇袭，龙身可固守阵地，救援龙尾。武状元亲自教授的凳术有砸、撞、抡、推、挡、劈、护等动作。这些动作看似简单，但动作连贯，一气呵成，威力无穷。板凳龙练成后，村民常习之，以防盗匪。

2000年，杏坛镇挖掘、整理这一早已失传的板凳龙，把抵御外侮的板凳龙改编为具有水乡特色的文艺节目搬上舞台，由20多个穿着水乡特色服装的天真烂漫的小女孩，演出了“金龙出海”、“金龙戏水”、“龙游四海”、“飞跃冲天”这四个部分组成的“板凳舞”，博得不绝掌声。

童子金银龙　杏坛水乡龙文化蓬勃的发展，触发了杏坛润苑幼儿园的创作意念——把孩子带进舞龙这一有益身心的活动中去，使孩子们也加入到弘扬传统文化的行列。他们筹资购置了金、银龙各一条及鼓乐、服装、旗帜等，在杏坛龙狮协会的耐心教导下不懈地练习，一群年仅6岁的孩子终于掌握

童子金银龙

了舞龙的基本技巧。

2002年元宵节，童子金、银龙首次在杏坛民俗民间艺术节上亮相，像国际标准龙一样，这支儿童舞龙队以其技巧优美、动作与鼓点音乐和谐配合，倾倒了全场的观众。童子金银龙的诞生和成长，使水乡杏坛的龙文化又增加了崭新内容。

源远流长的龙舟赛

龙舟赛通常分为“龙舟竞渡”和“彩龙竞艳”两类。

龙舟竞渡　龙舟竞渡是水乡杏坛的一项

场面浩大、气氛热烈的节日盛事。每逢有龙舟赛事，乡人即扶老携幼，提前占据有利位置，或倚桥栏，或蹲桥头，河涌两岸人群熙攘，谈笑呐喊之声不绝于耳。龙舟健儿则个个体格强壮、生龙活虎，用两条粗壮有力的手臂奋力划桨，皮肤在阳光下被晒得黝黑发亮，构成力与美的完美构图。每临冲刺，健儿们即加快划桨速度，伴以粗犷有力的吆喝；乡人则纷纷起立，引颈眺望，呐喊助威……即使在赛事过后的几天，当时激烈的争夺仍成为乡人茶余饭后的主要话题。

舞狮、武术、龙舟竞渡等都是杏坛常见的群众体育活动，而以龙舟竞渡最为广大农民所喜爱。

严格来说，龙舟竞渡分为赛龙船（乡人把龙舟称为龙船）和赛龙艇两种。龙船体形较大，船身较重，一般可坐20多人，饰有龙头、龙尾，配有鼓手。国内赛事和国际赛事赛的便是龙艇，龙艇体形轻巧窄小，不作任何装饰，也不配鼓手，赛事持续时间长、路程远，艇身极易翻沉，故赛龙艇更能赛出健儿的耐力与技巧。

参赛的龙艇都是用老杉木心制成，轻而结实。其规格按等级的不同而各异，一般分为以下几类：一是“五橈”（参赛者五人），艇长约3丈，尾尖头窄，中部宽约2尺；二是

“三桡”（参赛者三人），艇长约2丈，中部宽约1尺6寸；三是“十三桡”（参赛者13人），艇长约4.5丈。其中以“五桡”赛事规模最大、竞争最激烈、观众也最多。

比赛分“本埠”（只限于本乡人参赛）和“通天埠”（参赛者可来自各县各乡）两种，奖品有金猪、美酒、高标、罗伞、牌匾等。新中国成立国后，北水乡境内发掘出一块单面刻有“压尽群龙”四个大字、两旁有“康熙乙卯，文社为第一名飞龙立”等字样的石匾，此石匾现存顺德博物馆，从中可见当年杏坛赛龙夺锦的盛况。

五人飞艇大赛

抗日战争胜利后，东马宁、高赞、麦村等乡多次举行龙艇赛事，引来了附近各县乡镇群众，万人空巷，围满河涌两岸，桥头闸边，盛极一时。新中国成立后，杏坛各乡村的赛龙活动更为活跃，赛龙艇不限于端午节，国庆、中秋、春节等重大节假日也经常举行。其中聚胜、高赞等划艇好手驰名远近，多次获胜而归。龙舟比赛则重耐力，通常在限定的水域中围绕界桩往返划上两三个小时，才冲线定胜负，开赛时千艇竞发，然坚持到夺标的往往仅剩十艘八艘。

“文化大革命”期间，划龙船被贬为“四旧”，中断了多年。中共十一届三中全会以后，潜龙重起，龙舟活动蓬勃开展，在参加香港、澳大利亚等国内、国际赛事中获得冠军17个，先后为顺德龙舟队输送了大批男女运动员。

彩龙竞艳　平常日子里，龙船（龙舟）不作竞渡，而是重在游弋展示旗鼓助兴，称为“游龙”。游龙又称

彩龙竞艳

“文龙”或“扒斯文龙”。与竞赛龙舟不同，它不以竞速度、竞耐力为主，而以竞艳吸引观众。彩龙在河涌巡游常引来两岸围观的村民欢呼喝彩，成为节日水乡的另一道亮丽风景。

每到端午前，杏坛各村即举行隆重而神圣的“起龙”仪式，把深埋河泥中的龙船起出或从祠堂里请出后，重新上漆曝晒，安上龙头龙尾，端午当日即举行拜祭仪式正式“下水”。

从外观上看，龙船比龙艇体形大得多，小者可容20多人，大者可容60—70人，船头、船尾均饰以雕工精细的龙头、龙尾，船上少不了有威风凛凛的鼓手指挥，鼓声起处，木桡齐下，整齐划一。有的龙船还配有锣手、唢呐手，船上饰以彩旗罗伞华盖，慢时轻摇细曳，粤韵阵阵；快时水花飞溅，吆喝声声，美不胜收。村中男丁皆以曾有机会划龙船而自豪。时有活跃少年，虽臂力不济，但有幸站立船头，拉到可左右摇摆的龙头，穿越榕荫桥底，便左右顾盼神气十足。

游龙过后，村民会争相到龙船划过的河水中美美地洗上一个澡或以水洗脸，叫做“洗龙舟水”，寓意去掉身上秽气，使体格健康强壮。傍晚，村中老少会集中到祠堂或河边空地齐齐吃“龙船饭”，以沾龙舟灵气，以便龙精虎猛，顺风顺水。其时邻里和睦，一团和气，与过年相比，高兴之情，尤有过之。整个端午赛龙活动结束后，村民再择吉日，把龙船埋在河泥或悬挂在祠堂里，称“藏龙”。至此，这一民俗活动才圆满结束。

游龙这一民俗活动在杏坛有着悠久的历史。北水村的“慈悲”船曾是三百多年前珠三角的冠军；“北镇”船是全国最长的龙船之一，长13.8丈；麦村的“步云”船是嘉庆年间制造的。早在元朝末年，杏坛的龙潭便建有龙母庙，相传龙化于此，每年农历五月初八龙母诞一大早，各方游龙便聚此参神，祈求风调雨顺、国泰民安。中午更是群龙聚会，引至四乡八村的村民两岸围观喝彩。活动延续至夕阳西下。

抗日战争后，这一民俗表演活动一度式微。改革开放以后，海外乡亲往返频繁，沉睡了多年的古镇又见喧闹。镇、村乡亲和港澳同胞纷纷捐资，购置罗伞彩旗、锣鼓、木桡，翻新龙船，招青壮年训练，群龙再现。在历次彩龙竞艳的评选活动中，龙潭大社在龙头装上发光灯饰，名为“双龙出海”的游龙；逢简高第社以小桥流水等浓郁水乡风情装饰的游龙以及吉祐万寿宫的游龙多次获得冠、亚、季军，深受好评。

龙舟活动，其实在顺德各镇皆曾盛行，

然近来随着城市化的发展，不少地方把淤塞的河涌改为道路，龙舟活动渐少；独杏坛镇至今仍保存着较为完好的水文地理环境，故历年来龙舟活动经久不衰。到杏坛观赏龙舟活动，也最具代表性和乡土韵味。

别样古韵的锣鼓柜

锣鼓柜是一种群众喜闻乐见的民间音乐活动形式。锣鼓柜本身就是一件精美的艺术品，它用酸枝、花梨等木料做成一个四边配有柱子、上面配有丝绸绣花华盖的柜子，其顶盖、柱子、周边再饰以雕刻的各种花纹图案，或历史人物，或亭台楼阁，形象逼真，栩栩如生。锣鼓柜的高度一般为1.8米，长宽各1.2米，造成的柜子为长方体状，仿如新娘子坐的花轿。演奏时由四人抬着，内放大锣和鼓板等敲击、吹奏、拉弦、弹拨四类民间乐器，其余像大钹等乐器则由演奏者各自拿在手中。乐手一般由6—8人组成，左手执乐器，右手拉弦、弹拨，配合吹奏、敲击等乐器边演奏边行进。当中通常由大笛领班，有固定的曲牌多个，可随气氛而转换曲牌。凡村中庙宇神诞、菩萨出游、祠堂开灯、祝寿、婚嫁等喜庆日子，均请来为之助庆，可坐堂演奏，亦可行进演奏，气氛热烈豪放。

杏坛素有“锣鼓柜之乡”美名，尤其是高赞村的锣鼓柜最为活跃。杏坛高赞村目前保存下来的有三个约130年历史的锣鼓柜。这三个用酸枝、花梨、樟木等木料雕制的锣鼓柜，仿如新娘花轿，工艺制作精美，其名称为“饰喜华庄”、“云门小榭”、“和乐琼楼”。据称还有一个同治八年（1869）花了二百两白银购置的旧“鸣盛同台”锣鼓柜，亦已有两三百年历史，雕工精湛，最受人称道。

有300年历史的高赞锣鼓柜

其中的“饰喜华庄”锣鼓柜，主要以樟木制作，过去曾贴金箔半斤，如今顶部木雕等部位依旧金灿灿。锣鼓柜长1.23米，宽0.63米，高2.08米，重约140公斤。前后挂红的顶部有檐无盖，四檐雕有“太白醉写”和“渔樵耕读”等粤剧场面和历史故事，四角雕有“鲤鱼化龙”和挂有小铜铃，檐下饰以流苏。锣鼓柜的下部两侧雕有前小后大的罗伞盖花罐鱼肠暗八宝纹，柜面设掌板者所敲击的战鼓、卜鱼和沙的，锣鼓柜上下部由十二条柱子连接，后面两侧各两条柱子雕有石榴、葡萄等吉祥图案，前面柱子雕有嵌入式对联：“饰雕喜奏良工技，华宝庄传盛世音。”

锣鼓柜演奏时十分讲究特技等表演技巧，其中有不少演奏者是可随时加入职业戏班的人才。如演奏者可置三弦、月琴于脑后反手弹奏，二胡可在头顶上拉；吹横箫者对称地一个向左吹、一个向右吹；艺高者任何乐器都可玩七个调；有演奏者一人可同吹两支甚至四支唢呐，更有演奏者可用鼻来吹；打钹者边打边飞舞铜钹如金轮飞转，形式多样，令人叫绝。可惜不少技艺业已失传。

高赞的锣鼓柜会十分活跃，他们经常在顺德各地巡回演出。清光绪年间，高赞村的锣鼓柜班子曾应邀赴广西梧州游行演奏，获“两粤开魁”锦标。现在高赞保存较完整的这四台锣鼓柜及乐器分别造于清乾隆、光绪、宣统年间。其他如麦村、马宁、北水等乡均有锣鼓柜，并曾盛极一时，但抗日战争爆发后，民生凋敝，此类组织随之解体。

“文化大革命”期间，锣鼓柜被拆开收藏，才幸免一劫。改革开放后，锣鼓柜活动又在高赞、麦村等村自发恢复起来。近几年，锣鼓柜除参加各村的重大庆典外，还先后外出参加各地的表演活动。1988年元宵节，高赞锣鼓柜老艺人参加了广东电视台、

锣鼓柜赴港表演

香港亚洲电视台联合举办的“省港凤城闹元宵”大型文艺晚会演出，拍摄成电视节目，为粤、港、澳广大观众所瞩目。

水乡锣鼓柜活动有着广泛的群众基础，今天，这一古老的民间艺术又重新焕发青春。老一辈锣鼓柜师傅为了使锣鼓柜这一民间艺术得以薪火相传，他们对不时来虚心请教的年轻人给以耐心的引导，让新鲜血液融入到锣鼓柜表演队伍中。在春节、国庆、送军等重大节日和大型活动中，当听到欢快的《得胜令》、《步步高》等乐曲从表演队伍中轻快流淌出来时，锣鼓柜散发出的别样古韵，会让人感到根植在民间的传统文化艺术那蓬勃而顽强的生命力。

正宗嫡传的永春拳

永春拳由福建莆田县九莲山少林寺至善禅师所创，因套路之多，技击之强，手法之玄，变式之妙，武学之高，一直被岭南武术界视为翘楚。它是一种集少林内家拳法和少林各大门派武术精华于一身的拳术。

九莲山少林寺建于明代，是我国河南登封县嵩山少林寺下的十余院之一，因寺中僧人武功了得，故有南少林之称，清雍正年鼎盛期间，有身怀绝技的杏隐大师、三德、洪熙官、方世玉、胡惠乾父子、李翠屏等。清乾隆末年，朝廷因不满九莲山少林寺弟子中有反清复明义士，借机重兵围剿九莲山，并将少林寺烧毁。当时至善禅师携徒黄坤、洪熙官正在两广一带云游，才幸免于难（另说至善禅师拼死救徒，最后仅携黄坤、洪熙官杀出重围）。之后，为避免官府缉拿，三人在广东隐姓埋名，但仍不忘发扬少林拳术。至善禅师曾在晚年七十多岁逃难期间，改名翁仁长隐居于东莞一个僧门弟子之家，他每天早晨必坐功练气和演练一套佛掌（拳名）作掩护，还精心研究各种动物的形态，把它融入武术动作中，创立了一系列的象形功夫套路，但这些功夫当时仍未被冠以名字。一天，至善在一个小山坡上，偶然看到一只吃饱的山羊，被两棵小树夹住左冲右突、进退不得的情形，突发灵感，创出了适宜在窄小空间习练的独家马步“二树钳羊马”。后经深入研究实践，又加以改进为“长三式偏箝羊马”，并以此马步配合拳法击败了徒孙介绍前来请安的苏三妹（苏三妹，惠州人氏，自小在戏班长大，耳濡目染，有较深厚的武术基础）。苏三妹对至善敬佩不已，而至善也觉得她有学武天赋，便收她为徒，用几年时间把生平所学、所创的功夫毫无保留地传授给她，并把这种独特的拳术命名为“永春拳”，寓意“永远青春”，也用来纪念永春殿和福建少林寺故名。

苏三妹学成后，将永春拳发扬光大。道光年间，清政府知道永春派出自少林，加以通缉。苏三妹的弟子中，曾三多、梁三才、黄公福、陆锦（大花面锦）等都是反清义士，为掩人耳目，便把永春改名为咏春。当时，陆锦（大花面锦）是主要传人，后来，他又将永春拳传给黄华宝、梁二娣两人。黄、梁二人在佛山期间将拳术传给梁赞（人称“佛山赞先生”）。由于当时已是清末民初，朝廷也无意再追捕永春弟子，于是黄华宝、梁二娣正式把“咏春拳”复名为“永春拳”。后来梁赞在佛山筷子街杏济堂开馆授徒，将拳技传授给儿子梁壁、梁春、还有弟子陈华顺（找钱华）、何贵（猪肉贵）、刘奇（流氓奇）、李华（木人华）。

陈华顺诚心学艺，他不但身材高大，天生神力，且手法柔纵刚发，收放自如，备受赞先生欣赏。最初一年由李华代教，李华病故后，赞先生根据他人高、体健、力大的特点亲自教授永春出世拳棒，秘传了小练拳、寻桥拳、标指拳、伏虎拳、红砂手拳、桩拳、一路花拳、二路花拳、佛掌拳、大练拳、三娘拳（即镜拳）、五雷拳以及六点排棍、玉女齐眉棍（即行者棒）、十三太保棍、十八枪棍、三点虎尾棍、虎尾六点半棍、十字双刀、二字双刀、出入林大刀及其他器械。因此陈华顺成为赞先生门下首徒，学成后将拳术传授给儿子陈汝绵和儿媳黎妙显，以及弟子九人：雷汝济、陈锡侯、吴仲素、吴小鲁、黎厚培、何见、陈孔大、何汉侣、叶继问等。叶继问后来把永春拳带到香港，成为李小龙的师父。因其子陈汝绵身手与陈华顺相似，有"鬼手貅绵"及"七省棍王"的称号，故陈华顺将赞先生秘传的功夫悉数传授。

20世纪20年代，陈汝绵在佛山市升平路西便巷筷子街开设"永春国术社"武馆，其师弟雷汝济、陈锡侯、叶继问等九人以"永春国术社”牌匾作贺礼致庆，此匾现存在顺德区杏坛镇东马宁村的陈华顺故居。在抗战期间，陈汝绵曾于广西设馆授徒，军政要人白崇禧参观“陈馆”，观看了陈汝绵父子的刀棍对拆表演，陈汝绵使出“蛤蟆弹功”绝技，令白崇禧眼界大开，并题赠“两广陈馆”，该牌匾于“文化大革命”期间毁坏。

陈汝绵夫妇将永春拳传授给儿子陈家新、陈家齐、陈家廉及弟子招就、甘绍才(铁麒麟）等人。晚年又将永春拳带回顺德杏坛东马宁村发扬光大。其后，陈家廉将永春拳传授给儿子陈国基。陈国基是陈华顺的嫡系曾孙，他自幼跟随父亲陈家廉，耳闻目睹，遍览家书，接受了最正统的永春拳术。

因此，梁赞先生所秘传的永春拳功夫唯顺德区杏坛镇最为流行，保存得最多、最完整。

四、名人贤士 才子商贾

人才，是决定一个地方、一个民族优秀程度最重要的因素，能诞生和聚集人才的地方决不会贫困落后，因为名人，故有名地。杏坛就是这样一片诞生了文化、艺术、政治、经济等领域的全国性名人的地方，而且人才辈出，绵绵至今。而如果寻找这片土地能诞生众多名人的根源，又可以反过来说，一个地方富裕殷实，它就没有不出人才的理由。因此，杏坛为我们显示了人才生聚与地方富裕之间相辅相成的辩证关系。

以下，是从古至今从杏坛走出来的十数名人的故事。是他们，成就了杏坛的盛名；但也是杏坛，孕育了盛名的他们。

两代状元和北大教授

自隋朝开科取士以来，广东文武状元共有九位。顺德，建县于明朝景泰三年

（1452）之后，然小小的杏坛竟在明、清两代走出了两位状元，从这个令人惊叹的比例，可知绝非侥幸。状元是如恒河沙数的精英中的精英，他们的出现必须要有读书教育的气候土壤，孕育出成千上万同样出类拔萃的英才，方有让文魁星垂青于这一群落的可能。杏坛一镇双状元的奇迹，是由它发达的经济、通达的交通、丰厚的文化、昌盛的家族、鼎盛的文风共同造就的，当然，杏坛人自强不息、奋发蹈厉的人才素质是为根本。

杏坛人的文教传统源远流长，南宋时由夏、谭两姓开村，因读书者甚众，取古语“孔子居杏坛，贤人七十，弟子三千”的“杏坛”二字为名。他们的后人没有辜负这个充满书卷气息的名字。今天，走在杏坛的乡村里，往往能不期而遇昔日的御赐旗杆夹，这些在杏坛乡间孩子们自小就屡见不鲜的石头，每天在默默地讲述着他们的先人黄卷青灯、攻苦食淡的读书故事，彰显着这些读书人金榜题名、光照千秋的成功荣耀。自开科取士

随处可见的旗杆夹

以来，杏坛共有文进士49人，武进士10人。考中进士较多的乡村是马宁，共出文进士16人，武进士4人。其次是逢简，出文进士10人，武进士2人。举人方面，杏坛共有文举人250人，武举人47人，学堂奖举人3人。比较突出的是逢简，共出文举人46人，武举人3人。其次是马宁，共出文举人36人，武举人6人。这些胸怀大志、头角峥嵘的读书人为杏坛的昌盛作出不可估量的贡献，更为这个叫“杏坛”的地方播下了读书的种子，几百年间培养出长盛不衰的郁郁文风。

1. 万历状元黄士俊

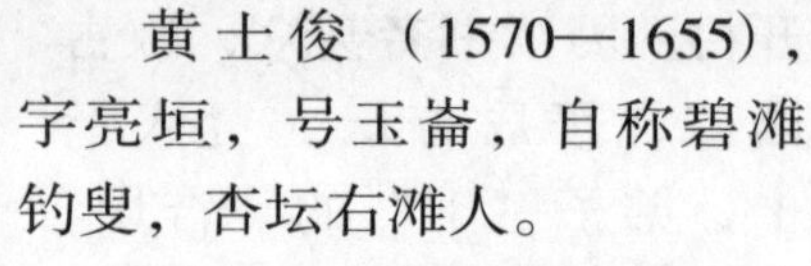

黄士俊（1570—1655），字亮垣，号玉嵛，自称碧滩钓叟，杏坛右滩人。

万历三十五年（1607）黄士俊第一次参加廷试，一举夺魁，登上状元宝座。

明代状元黄士俊肖像

黄士俊赴任之初，主要是负责修国史工作。当时朝廷大事多由李廷机和叶向高主持，李、叶很欣赏黄士俊的才华，每当朝廷研究有关重要文献时，必请他共同商讨。他引经据典，论证精确，意见多被采纳，甚得上司喜爱。黄士俊还被委托兼管朝廷中的一些重要文字工作，如撰写和记载平定蕃地叛乱有功的人员事迹，绘制各省地图，记载各地风土人情及官员的优缺点等。黄士俊不怕艰险，不避权贵，如实述录，给朝廷提供真实可靠的参考资料，得到皇帝的奖赏。接着一再晋升而为礼部右侍郎。

当时魏忠贤宦党当权，黄士俊不愿与之同流合污，愤然辞官回乡。当朝正直人士如杨琏、左光斗、周顺昌等为他饯行，赞颂黄士俊是先知先觉之人。

崇祯皇帝登基后召黄士俊回朝，授予吏部右侍郎之职，翌年晋升为礼部尚书，主要负责撰写神宗和光宗两代的史料工作，还兼任玉碟总裁。后来又充当经筵讲课的主讲，给皇帝讲学。

崇祯七年（1634），黄士俊主持选拔御医，极力废除以往选拔工作中的恶习，排除干扰，经过严格考核，把有真才实学的人才选拔出来，使御医面貌焕然一新。之后他受命审理御医仓库被盗案，铁面无私，树立了秉公执法的榜样。由于执法严明，他被任命主持处决犯人的审批工作。他审批案件时严肃认真，一丝不苟，有时因案件与同僚们争得面红耳赤，甚至不惜违反皇帝的意旨，也据理力争。有人劝他得过且过，忍让为佳，他说："人命关天，岂能对冤案坐视不管！"

崇祯十年（1637），黄士俊复兴朝政的主张与宰相有分歧，有被排斥打击的可能，因而借病提出辞去朝中职务。皇帝应允，让他在地方上检察处理案件，并嘱咐他病愈后回朝复命。黄士俊一回到家，即挥笔写奏章给朝廷，指出"民力已竭，筹边尚疏，饷务过繁，内防宜密"等严重情况和应采取的措施。皇帝看后甚为赞赏，亲笔批示："朕首先把这些话记录在屏风上来，当作座右铭。"

崇祯十七年（1644）正月，黄士俊被晋封为柱国太子太师武英殿大学士，皇帝又一次派人召他回京，但不及上京，明朝京城就失陷了。1647年，明朝桂王朱由榔称帝，召黄士俊入朝出任宰相。翌年大兵压境，桂王向西南转移，黄士俊因年老不能随行，回乡闲居，不久逝世，享年85岁。

黄士俊一生著作颇丰，可惜几乎散失殆尽，现存《李方麓去思碑》、《鼎建连州治碑记》、《前顺德县倪公遗爱碑记》。此外，他于崇祯十七年（1644）书写的"乾坤正气"四字，曾存于大良西山庙内。

2. 同治状元梁耀枢

清朝两百多年历史中，广东出过三个状元：番禺庄有恭、吴川林召棠和顺德梁耀枢。

梁耀枢（1832—1888），字冠祺，号斗南，晚号叔简，光华村人。生于道光十二年（1832）。旧县志记载，耀枢出生时，屋里闻到一阵异香，天空中隐隐响起美妙的乐音。梁耀枢自幼聪明敏悟，相貌出众，父母早逝，家道艰难，得堂兄梁介眉全力资助，他更加埋头苦学，一心考取功名光宗耀祖。他起初受业于勒流名儒廖亮祖，随后到省城学海堂求学，后转到著名学者、教育家南海九江人朱次琦门下深造。在名师指授下，梁耀枢学业大进。同治元年（1862），梁耀枢中举。同治十年（1871），上京参加辛未科会试，大魁天下，高中状元，授翰林院修撰。同治十三年（1874），任顺天乡试同考官。第二年，提督湖北学政。光绪六年（1880）任会试磨勘官，并获派教习庶吉士（新科进士中优于书法和文学的人）。光绪八年（1882），入值皇帝南书房，充日讲起注官。光绪九年（1883），升司经局洗马（掌管詹事府经籍、典制、图书刊刻及收藏的官员）、翰林院侍讲学士。光绪十年（1884），调任侍读学士兼左右春坊庶子（詹事府掌管记注、纂修工作的官员）。光绪十二年（1886），任会试同考官。光绪十三年（1887），提督山东学政，

清代状元梁耀枢

补授詹事府少詹事。光绪十四年（1888），升正詹事。同年病逝于山东官邸，时年56岁。

梁耀枢从政十七年，虽无突出建树，但为官清正勤谨。他主张文学侍从之臣不仅要擅长文墨，还应该对国家大事忠言尽谏；又力主清除科场积弊，端正士习文风。他还积极参与保荐冯子材、刘亮元、张曜等将领到中越边境抗击法国军队；弹劾广东学政叶大焯徇私舞弊；批评两广总督张之洞赈灾不力。这些举措，都受到时人的好评。但长期在宫廷内充当文学侍从之臣，也磨平了他性格的棱角，更多国家大事轮不到他插嘴，也不容许他插嘴。形格势禁之下，在朝中，耀枢只能规行矩步，独善其身。慈禧太后曾当着南书房众位翰林面夸奖他："梁耀枢，金玉君子也。"一时间，同僚们都戏称他为"梁金玉"。到他五十寿辰时，慈禧又赐赠四言寿屏，上书："及第芙蓉，冠众香国。校书天禄，为清平官。"平心而论，这是对梁耀枢一生的公允概括。

3. 诗人学者黄节

说到杏坛读书人的骄傲，黄节是近代文化史上一个引人瞩目的名字。

黄节（1873—1935）是20世纪前期全国著名的诗人和学者。他旧学根底深厚而爱国情怀炽烈，早年加入中国同盟会，办报倡导反清民主革命；中晚年在北京大学、清华大学著书讲学，影响遍及大江南北；所作旧体诗成就度越流辈，思想性、艺术性都达到他所生活时代的中国文学的高峰境界，至今仍为海内外学界关注和研究。

黄节原名晦闻，字玉昆，号纯熙，清同治十二年（1873）出生于甘竹右滩一个陶瓷商家庭。自幼聪敏好学，深明事理，勇于任事。稍长，易名为“节”，取号甘竹滩洗石人，以明立德蹈义之志。22岁到北滘简岸草堂就读，深受岭南大儒简竹居（朝亮）道德学问的熏陶；课余与才士邓方、邓实兄弟（水藤人）结为知交，以匡世扶危相砥砺。两年后，黄节赴省城广州深造，在云林寺、六榕寺潜心攻读《史记》及大量宋、明遗民著作，“明夷夏之辨”，著有《黄史》。1900年前后，北游齐鲁、幽燕各地，并东渡日本，广泛结识进步人士，深刻认识了国情，形成启迪民智、唤醒民心的反清革命思想。

黄节

1901年，黄节回到广州，与好友谢英伯、杨渐逵等租赁河南龙溪首约一所房屋，创办“群学书舍”。不久，迁到海幢寺圆照堂，易名“南武公学会”，订购中外报刊供民众阅览。1902年，黄节再度北上，应考顺天乡试，在策论中力陈同仇御侮方略，受到考官袁季九的激赏，联络十八房同考官合力推荐，但最终被立场保守的主考官、陆润庠贬抑而落第。此后，黄节绝迹科场，一意从事文化救国事业。他随后转到上海，与邓实创办《政艺通报》，介绍西方文明，宣传强国观念。1905年，回乡变卖祖业。与章太炎、邓实、马叙伦、陈去病、诸宗元、刘师培等在上海创立国学保存会，搜购清王朝的禁书，以“保种、爱国、存学”为宗旨，刊为《风雨楼丛书》及《古学会刊》，并创办《国粹学报》，阐发学术传统，宣传反清思想。影响所及，颇招来思想保守的亲友责难，简竹居在广东得知此事，驰书诘责，黄节和邓实抱持“吾爱吾师，吾尤爱真理”的精神，持论如故。两江总督端方派人造访黄、邓二人，以巨资赞助为饵，企图笼络收买，黄、邓不为所动。1907年，黄节回广州，到南武公学和两广优等师范学堂主讲国学，并主编《广州旬报》和《拒约报》，载文披露美国华工受迫害的实情，鼓吹反帝救国。1909年赴香港，加入同盟会，以旺盛的政治热情，写下大量爱国诗文。

1911年秋，广东光复，黄节出任广东高

等学堂监督，应广东都督胡汉民之邀，草拟《誓师北伐文》。第二年，与谢英伯、潘达微等组织“天民社”，创办《天民日报》，力倡发扬民主，伸张民权，罢斥贪官污吏。1913年，加入进步文学团体南社。5月，到北京铁路局供职。由于民主革命果实被军阀窃踞，黄节看不到光明前景，心情十分苦闷，时常与北京大名士、同县罗瘿公等人一起征歌狎妓，诗酒唱酬，长歌当哭。但在大是大非面前，他的态度和立场仍是鲜明的、坚定的。袁世凯策划“君主立宪”期间，黄节频频发表文章予以抨击，遭到忌恨和迫害，一度避居天津法国租界。袁世凯称帝，黄节致书旧交刘师培（主张恢复帝制、发起组织“筹安会”的所谓“六君子”之一），痛陈开历史倒车之悖谬，指出“斯议一出，动摇国本，无所谓危”。同时寄诗好友罗瘿公，指出“文章不朽关风节，士行从来乃国维”，“君子名德都交遍，事或非人莫强为”，婉讽友人在关系国家命运的大是大非面前，要坚守立场。

此后，黄节专心致力于学术研究和教育事业，不再参与新闻舆论工作。1917年，他受聘为北京大学文学院教授，专授中国诗学。1920年，阎锡山相邀出任山西省教厅厅长。1922年，北洋司法总长王宠惠出面相邀出任国务院秘书，黄节拒绝了。1923年，孙中山由沪返粤，被推举为大元帅，讨伐北洋军阀，任命黄节为大元帅府秘书长，并派广东省长公署政务厅厅长陈树人专程赴京迎接。黄节于3月抵穗不久，目睹军人跋扈，孙中山的政令多难推行，遂辞职而去，回北京大学任教。1928年，应广东省省长李济深之聘，回粤担任教育厅厅长，兼省政府委员。在任上，治事勤谨，多行善举，如请准将省政府收回的惠爱中路法国领事馆扩建为省立图书馆；建议收回前曾指定为建筑运动场的东校场为全省体育运动会场等。但也时有守旧之举受到舆论的批评，如主张男女分校等。其间，还兼任省通志馆馆长。1929年春，蒋桂战争爆发，广东军费激增，教育经费支出艰难，加以李济深被蒋介石扣留于南京，黄节见难以施展抱负，于是辞职，赴澳门暂住。夏季，偕眷回京，复任北大教授和清华研究院导师。晚年，对步步进逼的艰危时局深为忧愤，行政院长汪精卫电召出席国难会议，黄节复电："国难会议节无案可提，故不赴会，孔云：'去食去兵，无信不立'，今日国命已至其时，举国无信，即有良法美意，悉坏于欺国民之徒，虽议何益？"拒不出席。1933年，陈济棠掌握广东军政大权，托黄节的女婿李韶清赴京请黄节回粤担任教育厅厅长，黄节对李韶清说：“余衰年时日无多，拟著述未完之书，决无心再从事政治，且彼辈军人，实无心教育，不过借我铺张门面，粉饰太平，我决不回粤。”陈济棠虽然再电催促，黄节始终坚辞不就。

1935年1月24日，黄节病逝于北京寓所，时年62岁。

黄节以诗名世，与梁鼎芬、罗瘿公、曾习经合称“岭南近代四家”，又与陈述叔（洵）并称“黄诗陈词”。著有《蒹葭楼诗》二卷，1935年由商务印书馆雕版线装精印发行。他的诗作风格，既有唐诗的文采风华，又有宋诗的峭健骨格，刚柔兼济，人称“唐面宋骨”。其中七律尤为出色，如《岳坟》：“中原十载拜祠堂，不及西湖山更苍。大汉矢声垂断绝，万方兵气此潜藏。双坟晚蚌鸣乌石，一市秋茶说岳王。独有匹夫凭吊去，从来忠愤使人伤。”这是黄节诗集中的力作，写于1908年初。诗歌借追念抗金英雄岳飞，表达强烈的爱国意识，感慨苍凉而笔触雄健。又如《沪江重晤秋枚》：“国事如斯岂所期？当年与子辨华夷。数人心力能回变，廿载流光坐致悲。不反江河仍日下，每闻风雨动吾思。重逢莫作蹉跎语，正为栖栖在乱离！”此诗写于1918年5月，当时诗人苏曼殊在上海病逝，黄节故人情重，从京赶赴吊丧，与阔别十年的好友邓实重逢，追怀往事，不胜感慨。全诗句奇意重，笔力沉雄，开阖有度，奇正相生，感慨而不失含蓄蕴藉，也是不可多得的佳作。

黄节对于诗学亦用力勘勤。对先秦、汉魏六朝诗文颇多精当见解，被学界誉为一代宗师。著作有《诗旨纂辞》、《变雅》、《汉魏乐府风笺》、《魏文帝魏武帝诗注》、《曹子建诗注》、《阮步兵诗注》、《鲍参军诗注集说》、《谢康乐诗注》、《谢宣城诗注》、《顾亭林诗说》等，均刊印行世。

杏坛是读书人的故乡。改革开放以来，杏坛人民继续发扬尊师重教的优良传统，大力发展教育事业，通过加快集约化办学和教育信息化建设，全面实施素质教育，取得了显著成绩，2003年被评为“广东省教育强镇”，培养出不计其数的学子才俊，为家乡和社会作出卓绝贡献。应该说，这是杏坛一以贯之的尚学风尚的发扬。

古今艺术家

灵动清澈的杏坛流水总能把画家灵敏的艺术感觉唤发出来。杏坛是个出画家的地方，她的美景就是画家最早的艺术启蒙，是画家首先临摹的第一幅水墨画。

1. 画坛怪杰苏仁山

杏坛人苏仁山（1814—1849）是广东美术史上一位重量级人物。他与顺德勒流南水的苏六朋并称“二苏”，各以精湛独特的画艺，为人物国画艺术增添了光彩。苏仁山不仅画艺高超，才华横溢，而且极有思想个性，出处行藏摒绝流俗，但时人并不理解他，称之为“画怪”。

苏仁山字静甫，号长春，作品署号还有黉珊、寿庄、靖虎、栖霞、菩提、七祖、祝融、再生尊者、杏坛居士、顺德砚农等。嘉庆十七年（1812）出生于杏坛乡一个读书人家，自幼聪颖过人，学无不窥，胸罗万有，才华见解超越流辈。他醉心书画艺术，厌恶八股文章，两次应考生员（秀才）都没考上。23岁后，毅然放弃举子业而专攻书画。二十四五岁远游广西梧州、桂林。因不满父母所订婚姻，愤世嫉俗的性格渐趋激化，开口、下笔多离经叛道之言，父亲和族中父老恐受连累，将其出族。苏仁山30岁左右流寓佛山、广州及广西梧州等地，以教书授徒为生。35岁回乡，性格言行更加孤僻愤激，父亲和族人上报县官，将之拘捕下狱。在狱中，他桀骜不驯，以木炭在牢室四壁绘写戴枷五百罗汉、杀头五百罗汉以示抗议。

同年（1849）冬天或翌年春初病死狱中，年仅36岁。

苏仁山的艺术植根于兀傲不群的思想性格。他看透当时朝廷宣扬封建礼法的愚民本质，常以言论和文字予以激烈的鞭挞，抨击朝廷“剥削天下之民以自满其私”，在题画中多次指斥孔子为“盗丘”，“六艺之文杀人物”。他画过这样一幅画：阴森的岩洞里，站着一个方巾长袍、道貌岸然的人物，正打开一卷画轴观看，画中苍黑的山石上，用焦墨写着“但有朱熹成地域”七个草字，意为眼前这个地狱般的世界正是程朱理学和封建王朝造成的。他对历史、社会和人生有着深沉的见解，憎恶恃强凌弱、尔虞我诈的丑恶现实，主张人应该“视天下之饥如己饥，视天下之溺如己溺”，要修己安人，从每一家做起。只有这样，谦逊的美德才能为大众所兴，耿直正义的行为才能盛行，和平大同的世界才能实现。在他沉默孤傲的外表中，跳动着一颗炽热的心。道光二十三年（1843），他在一副七言联中写道：“拨乱反正胜人治，起死回生医者功”，尖锐指斥封建统治者制造社会灾难，表达了振兴国运的愿望。他对外界的事物观察、倾听、比较，思索改造社会积弊的出路，尽管见解不成熟，却无损于在黑暗中顽强寻求光明的有识之士的形象。他在一幅扇面的题跋中记述自己曾到“红毛馆”（教堂）去听外国人传经播道、讲述海外见闻，并写下这样一首诗：“冠履三千客，文成全小汀。神州他日造，灯火此鸡声。况且沧州笔，丹黄染轮青。秋风萧瑟瑟，步听外洋经。”诗中可以看到苏仁山意识到在遥远的海外，有许多与腐朽的中国封建统治截然不同的新鲜事物，并为之驰想神往。

苏仁山具备真正的艺术家气质和才华，作画纯粹是出自创作激情和灵感意兴，不迎合时尚，不觊觎功利。他的画作人物、山水、花鸟俱佳。少年时代的作品法度谨严，传统技法纯熟，以后即冲破藩篱，大胆创新，构图、用笔均另辟门径，自成浪漫恣肆、古朴高逸的风貌。突出的特点是喜用线条白描，不多作渲染。山水画几乎不用皴、擦和点苔，充分运用线条的粗细和运笔的轻重，勾勒出淡远奇拙的境界。人物画多取材于古代衣冠及仙佛传说，也不追求墨色变化，只着意发挥线条的功能，把人物的形象、神态准确生动地表现出来，人物的体态和衣褶立体感明显而飘逸多姿，富于节奏和韵律的美感。

仁山还精于书法和篆刻。篆刻兼备汉印的厚朴天然及清人印派的温文雅静，章法结

苏仁山的《五羊仙迹图》

构奇特自如。书法真、草、隶俱能，主要得法于二王，着力于中锋运转，筋骨劲健，端庄出凝重，潇洒处神飞。题画行草时而似唐人李北海，时而似宋人黄庭坚，清秀和粗犷均因构图为之，有时连签名也化作山石的一部分，显得不拘常法，灵活多变。他在一幅山水中堂上留下这样的题跋："画法与学书相通。人于书法讲笔详，而于画法讲笔略，要二者所重则均焉。如米氏父子用比如丸，而倪瓒用侧锋，此宋元之别也。唐代诸家惟用正锋，至文长徐谓及田叔蓝瑛时以纵横出之，此画笔之别也。犹欧外锋，真卿外锋，岂得有一笔用耶？"寥寥九十余字，概括了几个朝代的用笔特点，显示出深厚的艺术素养和透辟的理解力。综观苏仁山的书画作品，才气完足，处处流露天机神韵，尚有很大的潜质未来得及发挥，倘若不是英年早逝，造诣和影响实在无可估量。

苏仁山等名画家在杏坛的出现，不是一个孤立的现象，杏坛的书画艺术爱好者历来众多而有名，早在20世纪70年代，文化站已经开始把镇内的书画爱好者组织起来，长期坚持写生、交流活动，80年代成立书法美术协会后，更是在发展会员才华、培养少年儿童、参加省市和国家书画比赛、对外展出等等工作中取得很大的成绩。杏坛因具有典型的岭南水乡特色，又有大批书画爱好者，被顺德市美术家协会定为“艺术创作基地”。得天独厚的自然环境，甚至引来顺德以外的无数文人雅士。慕名而来的画家和学生常在杏坛小住、写生、切磋，繁荣了这片土地的艺术活动，增添了她浓浓的人文气息。

2. 著名旅美雕塑家吴信坤

如果说苏仁山代表的是旧时代中一个富有独立思想、卓尔不群的艺术家的话，那么雕塑家吴信坤则代表了富有冒险与创新精神的、敢于把艺术才华展现于世界的当代艺术家，被誉为“艺术版的姚明”。

吴信坤（1951—　），著名华裔雕塑家，1951年生，杏坛光华人。1981年研究生毕业于广州美术学院雕塑系，师从著名雕塑大师潘鹤。1988年底受国际雕塑协会邀请赴美，先在堪萨斯州大学任客席教授，后成立了自己的工作室及画廊。他擅长美国历史伟人、现代名人以及纪念碑纪念像的创作，作品进入许多大型国家级博物馆、体育馆和名人馆及画廊。美国密苏里州联邦法院门前的“美国立法200周年纪念碑”就出自他之手；全美10名雕塑家争为美国有史以来最伟大的棒球明星乔治·布莱特塑全身像，最后中标的也是他；他为美国家喻户晓的伟人、西部探险传奇人物马利维特·路易斯塑像，惊动了当时的美国总统克林顿夫妇，后被邀去白宫展览，该作品现已被美国国家博物馆收藏。

为如此多的重大历史事件和重要人物树碑立像，即使对当地土生土长的艺术家来说也极其难得，更何况他到美国不过17年。1988年底，吴信坤受国际雕塑协会的邀请赴美参加“国际雕塑研讨会”，并受聘到堪萨斯州大学任客席教授。他刚到美国时英语程度极差，为了过语言关，他作出了一个出乎旁人意料的决定：为美国人开设雕塑培训班。因为艺术的传授除了靠语言外，还可以借助大量形象，学生不至于不懂；而他又能向学生“偷师”，迅速掌握口语的关键。果然没过多久，吴信坤的口语有极大的长进。雕塑班还给吴信坤带来了另一个意外收获，无意中开启了他在美国的职业之门。他从学生那里得到一个信息：法院为庆祝美国基本法颁布200周年，想建立一座纪念碑，但还没有征集到满意的方案。吴信坤最后选集了50双不同种族、不同动态的手代表美国50个州，雕铸在一把高14英尺的剑形铜柱上，镌刻着基本法内容的铜牌正好是剑柄。在铜柱的最顶端，有两双显眼的手：一双是来自昔日美国的长跑世界冠军，手指异常修长，是强者的象征；另一双则来自一位聋哑妇人——她得知吴信坤在征集这些手的消息，自己主动找上门。她双手交叉在胸前，摆出哑语中“爱”的手势——这是对弱者的关怀。他还把自己一家三口的手印在了雕像背面，表达中国人也在这里奋斗过。

《美国立法200周年纪念碑》给吴信坤带来了盛誉，赢得了美国人的尊敬和认同。他不断在竞争、招标中获胜，得到了许多为美国的历史人物、重大事件、当红明星塑像的机会。美国的“西部大开发之父”马利维特·路易斯、“世界篮球教练之父”霍格·阿联奥都成了他的模特儿，美国国家黑人棒球博物馆12明星造像、美国西部大移民死难儿童纪念像也都是他的代表作。

吴信坤现在在广州美术学院开办了一个特殊的培训班，而学生是来自国内各大铸造厂的技工。吴信坤这一次不讲授雕塑技巧、美学理论，而是专门从化学铸造技术的角度开讲。他说，一般人想到青铜雕像就觉得是有着单调棕黑色的庞然大物，矗立在室外听任风吹雨打，这种“老博物馆风格”在市场上很不吃香。20年前，一种有关现代青铜雕塑表面处理及化学着色的新技术在美国出现并逐渐普及，青铜雕塑也被赋予了明丽高雅的丰富色彩，越来越被当代人接受，直接促成了小件雕塑市场的形成。国内也曾经派人去学习过，但一直不得要领，故难以推广。吴信坤回国，正是要将这一新技术的原理加上自己多年实践积累的经验，一起传授给国内的青铜铸造界，构建中国人自己的彩色青铜王国，让过去帝王贵族才能收藏的青铜器走入万户千家。这一尝试让中国雕塑界和青铜铸造界都精神为之一振。

说到艺术，自然不仅是绘画雕塑，还有

吴信坤的青铜雕塑《江山》

音乐与其他。这里要讲的是从杏坛走出去的另外两个著名的艺术家，一个是粤剧表演艺术家小神鹰，一个是我国著名作曲家麦丁。

3. 粤剧名家小神鹰

小神鹰，原名梁锦伦（1939— ），顺德杏坛人，著名粤剧文武生。他出身粤剧世家，从小受到父亲梁创军（知名粤剧小武靓少开）的艺术熏陶，师承其父习艺，9岁便登台演戏，演过《华光救母》、《癫婆寻仔》等剧目，颇有光彩，被观众誉为“九岁神童”。1959年后，他先后加入佛山青年粤剧团、佛山地区粤剧团，以小生、武生行当担纲演出，演艺日臻成熟，在观众中享有一定的知名度，1983年被调到广东粤剧院担任主要演员，曾经担任广东粤剧院二团团长的职务。

他的戏路宽广，文武兼备，对粤剧南派表演艺术传统既善于继承，又勇于革新。演出文戏温文敦厚，潇洒大方，担纲武戏也功架稳实，英气逼人。他主演的剧目很多，或以小生当行，或用小武应工，或以小武行当表演为基础适当糅合小生、丑生行当的一些表演手段，所以饰演的人物各具个性，各有风采。他的唱腔嗓子响亮，叮板准确，华美动听，韵味醇厚，是在吕玉郎“镜腔”的基础上吸收罗家宝“虾腔”的特色，并在开拓高音区的音域方面下苦功，从而形成与众不同的唱腔特色。

他多年来主演过许多古装戏和时装戏，有些还脍炙人口，广获好评。在佛山时他主演的古装戏有《风雪卑田院》、《鸳鸯灯》、《阴阳河》、《赵子龙催归》、《周瑜归天》、《人面桃花》、《凌波仙子》等，其中的《风雪卑田院》曾经演出几百场，他在剧中扮演的郑元和的人物形象和所演唱的主题曲，都为观众和同行所赞赏。他演过的现代戏有《万水千山》、《苗岭风雪》、《闹海记》、《补锅》等，主演的《补锅》充满生活气息和喜剧情趣，人物形象朝气蓬勃、生动可爱，因为《补锅》成功演出，观众一度叫他“补锅仔”。他在《闹海记》中扮演的主要人物，既具有渔民的性格气质，又富有时代精神，该剧获得1980年广东省专业艺术调演优秀剧目奖。调到广东粤剧院之后，他主演的剧目有《大闹梅知府》、《怡红公子悼金钗》、《汉文皇后》、《莲花仙子词皇帝》、《刁蛮公主憨驸马》、《花蕊夫人》、《锦伞夫人》等。在《大闹梅知府》中所唱的主题曲《肖永伦祭奠》，成为许多粤剧粤曲爱好者学唱的曲目。在《花蕊夫人》中饰演赵匡胤一角，唱做俱佳，把人物的思想性格表现得丝丝入扣，在1993年第五届广东省艺术节获得表演一等奖。他在《锦伞夫人》中甘当配角，所饰少数民族峒主饶有特色，与主角表演配合默契，在第五届中国戏剧节获优秀表演配角奖、第七届广东省艺术节优秀表演奖。

小神鹰近年担任广东八和会馆副主席，热心公益，造福同行。他还不遗余力地收徒授艺，传播粤剧艺术，被聘为佛山青年粤剧团、珠海粤剧团的艺术顾问。2004年他举行了“神鹰依旧桑梓情——小神鹰从艺56周年艺术欣赏会”，将他毕生的艺术精华浓缩奉献给喜欢他的观众。

4. 著名作曲家麦丁

麦丁（1927— ），顺德杏坛吉祐村人，我国著名的作曲家、钢琴家。

麦丁出身于音乐世家，1952年毕业于北京师范大学音乐系后，麦丁被分配到中央民族歌舞团任专职作曲。来到少数民族地区，却仿佛进入了一个奇妙的世界：当地居民的热情好客感动了他，多彩多姿的生活吸引着他，丰富多彩的音乐迷住了他。风华正茂的麦丁一下就投入到少数民族歌曲的海洋之中。50年来，从南到北、从东到西，他的身影出现在毡房、竹楼、歌圩，他的脚步印在了村村寨寨，他的笑声留落在石林中、篝火旁，他的歌曲飘荡在山间里、飞扬在马背上。

我国少数民族音乐丰富多彩，是中华民族的文化宝藏。但它又像是天上的宝石，洒落在天山、苗岭，深埋在瑶寨、竹林。麦丁清楚地知道，要得到宝贵的音乐素材，是要有冒险精神的。西藏路上的土匪他遇见过，瑶山里的老虎他遭遇过，苗寨上的沙流他险历过，康藏线上的塌方公路他反复地走过。一次次惊心动魄的场面都险些夺去他的生命，但他还是背起行囊，像一只不知疲倦的蜜蜂采撷着56个民族的音乐精华。

勤劳的蜜蜂必然酿出甜美的蜂蜜，丰富的民族音乐激活了麦丁的乐思。1957年在莫斯科举行的第六届世界青年联欢节的歌曲创作比赛中，他根据彝族撒尼民歌和金国富创作的歌曲改编的合唱《远方的客人请你留下来》一举夺得金质奖章。这是中国在世界乐坛上零的突破，也是由顺德人为国家摘取的第一枚国际音乐金牌。周总理非常喜爱这首歌，指示把它作为人民大会堂的迎宾曲。

麦丁是中国的民族音乐家，他的作品来自泥土深处。他把各民族淳朴的音乐素材带出穷乡僻壤，然后进行创造性的艺术加工，使之成为精美的艺术作品推向全国，走出世界。他从贵州侗族地区搜集整理的多声部民歌《蝉虫歌》，在1986年的巴黎金秋国际艺术节上，以丰富的和声、特别的复调震撼了外国人，用事实否定了西方人认为“中国无和声”的谬论。国际音乐权威赞叹：这样的音乐“能与意大利歌剧相媲美！”

麦丁喜欢用俄国音乐家格林卡的话来说明自己的创作思想：“音乐家的职责就是把民间的东西拿来以后进行加工，最后还给民间百姓。”几十年来，麦丁坚持深入少数民族地区采风、体验生活，搜集整理了大量的民歌素材，创作了几百首民族歌曲和几十首钢琴曲。其代表作除了歌曲《远方的客人请你留下来》，还有歌曲《壮锦献给毛主席》、合唱《西山谣》、《中华儿女是一家》、《顺德好》，以及钢琴曲《高山瀑布》、《阿细跳月》等。这些动人的音乐都献给了人民大众，特别是少数民族，他把少数民族是否接受或者喜欢他的作品视为创作的最高准则。多年后，云南省路南县要改为石林市，把《远方的客人请你留下来》作为市歌，邀请麦丁作为特别嘉宾参加他们的庆祝音乐会。他来到石林，只见整个城市都在传唱他的《远方的客人请你留下来》。当人们知道这歌是他作的曲的时候，高兴地对他连声说：“扎扎哟！扎扎哟！”（撒尼语“好”的意思。）

至今，麦丁著作有《麦丁创作歌曲集》、《五十六个民族五十六首民歌》（配钢琴伴奏，中、英文版）、《中国民歌选》、《钢琴初级、中级教材》、《电子琴实用教材》、《电子琴伴奏民歌抒情歌曲选》等。1997年1月，国家民委、中国音乐家协会、中央电视台联合在北京音乐厅为他主办了一场“著名作曲家麦丁作品音乐会”（顺德市政府协办）。另外还在云南石林、广东顺德等地也举办过多场作品音乐会。

尽管麦丁长期在北京生活，70年来从未踏上故土一步，但在家庭的影响下，他从没忘记自己是个顺德人。几十年来在家里总是和亲人说顺德话。无论走到哪里，他总是自豪地对人们说：“我是顺德人，我的家乡是最美的地方!”甚至他在北京创立的第一所民办钢琴学校也不忘挂上“广东顺德”的字号。1997年，在历经沧桑的七十年后，麦丁那双走遍了千山万水的脚，终于第一次踏上了故土顺德，他带回家乡的厚礼——《麦丁作品音乐会》，是用一生心血凝成的。他一踏上故土，看到家乡的面貌，情感的闸门顿时打开。他与本土的词作者合作，只用了几天时间，便为家乡写出了一首粤语合唱曲《顺德好》。他感叹地说：“这首歌是我作为一个顺德人感情的原始冲动，是我多年思乡之情的总爆发。”

十年前，麦丁退休了，他把退休作为艺术青春的新起点。他在北京办起了第一所民办钢琴学校。十年来，这所钢琴学校培养了一大批优秀的青少年钢琴人才，其中有的在国内的钢琴比赛中获得金奖，很多孩子走进了音乐学院。在73岁时，精力充沛的他创作完成了《第一钢琴协奏曲》。他繁忙的身影频繁地出现在出版社、音乐厅和钢琴学校。他要把几十年的积累奉献给人民，留传给后代。在中央电视台《夕阳红》栏目采访他时，他说过这样一段话："人到老年时，如果不动脑筋，不做事情，那无疑等于大脑死亡。我永远不会老，我还有很多事情要做，我要年轻地活到100岁！"

杏坛的曲艺源远流长，有着广泛的群众基础。改革开放后，群众的曲艺活动非常活跃，在杏坛镇政府和文化站的关怀下，镇内不少村先后成立了曲艺社，有专门的场地和设备的梁銶琚文娱康乐中心，成为各乐社互相切磋的最佳场所。曲协的活动频繁，挖掘培养年轻的曲艺人才不遗余力，在顺德举办的各种曲艺大赛中获得过不少好成绩。

社会活动家与政治家

纵观杏坛的一千多年历史，我们能发现，在重大的历事件的镜头回顾中，竟有不少片段闪动着杏坛人的身影，杏坛籍人的名册中都不乏那些让人们击节传诵或扼腕遥思的名字。

1. 为官刚正的何彦

何彦（1535—1634），字善充，西马宁人。明嘉靖十四年（1535）进士。历官行人府行人（替朝廷接待四方宾客的小官员）、户科给事中、衡阳知府、荆州知府，擢升按察副使、太仆寺卿。一生为人正直，为官刚正，敢于坚持原则直言进谏。

在户科给事中任上，何彦恪尽职守，经常驳正政令，言人所不敢言。其时，宦官集团处心积虑扩充势力，诱唆昏庸的嘉靖帝恢复已被废除多年的派出镇守太监旧制。武定侯郭勋为迎合宦官头目，竟上表附和。此议一出，朝野震惊，这是宦官扰乱朝政的严重举动，正德年间刘瑾集团祸国的殷鉴不远，但慑于宦官气焰，多数言官（监察院监察御史）犹豫观望，欲言又止，唯独何彦率先挺身而出，上表历数前朝派出镇守太监的祸害，力谏皇帝万勿听信近侍谗言。随后，朝中有威望的大臣及多数言官相继上表支持何彦。结果皇帝不得不顺应群臣，将计划搁置。吏部尚书许赞、礼部尚书严嵩徇私受贿，亦先后遭到何彦抗疏弹劾，直声震于当时。

后来，何彦被外派到衡阳、荆州等地当知府，刚正性格一如往昔，藩王府的属员对他十分敬畏，一改恃势横行的积习，再不敢随意到府衙吵闹争夺地方权益。有一年，几个宗室权贵企图堵塞荆江一条支流供私家围垦，何彦态度鲜明地予以抑制，他请来水利专家，指出荆江当岷江下游，春夏之交时上游化冰融雪，该支流要分泄部分洪水，一旦堵塞，将为害数县。但那帮人志在必得，亦买通了几名水利专家谎称无碍，双方争论逐步升级，何彦顶住压力，毫不屈从，并声言如果继续取闹，他将把实情上奏，由朝廷直接裁决。那帮人自知理亏，不敢硬碰，才悻悻然放弃堵河计划。

何彦晚年退休回乡，与乡亲邻里和睦相处。他为自己的两所居室取名为“定性”和“澄心”，淡泊度日，读书讲学于其间，直至99岁去世。

2. 同盟会元老尢列

尢列（1865—1936），字少纨，号小园，晚号钵华道人。北水新基坊人，出身书香门第。自幼渊源家学，博闻强记。稍长，从南朗宿儒陆蒲泉受业，受其思想影响，不满清朝统治，绝意科举仕途。17岁出门漫游，遍历华东、华中、华北、日本、朝鲜各地，并在上海加入洪门会，蓄志反清复明。22岁考入广州算学馆。毕业后，历任广东沙田局丈量总目、舆图局测绘员。光绪十七年（1891），授以中法越定界委员之职，尢列不满朝廷的媚外政策，拒而不受，转赴香港，考取华民政务司署秘书。其后，在算学馆同学杨鹤龄家开设的商号中结识孙中山和陈少白，四人经常聚首商讨反清，店伙们戏称“四大寇”。

光绪十九（1893）年，尢列与陆皓东、周昭岳回老家北水创办兴利蚕种公司，经营改良蚕种，以此为掩护，秘密进行革命活动。孙中山多次到此议事，并为书门榜“兴创自我，利归于农”。

光绪二十一年（1895）春，尢列赴香港协助孙中山、杨衢云创立兴中会总部。同年秋，参与发动广州起义，事泄远走越南西贡。光绪二十三年（1897），潜回香港组织中和堂，发动劳工大众参加革命。翌年，与宋居仁、邓荫南同赴广西策应李立庭起义，至藤县闻败讯而折回。光绪二十六年（1900）夏，北上长江一带联结党人策应惠州起义。惠州起义失败后，东渡日本，与孙中山同寓横滨前田町，共议“开导华侨，沟通学界”的行动计划。

尢列

光绪二十七年（1901）秋，尢列转赴新加坡，在牛车水单边街设馆行医，鼓吹反清。继而来往吉隆坡、槟榔屿、霹雳、庇能、怡保、坝罗各埠，联络侨工侨商，建立中和堂分部，与粤商“七家头”朱子佩等保皇分子相抗衡。光绪三十年（1904）春，与爱国侨商陈楚楠合作，在新加坡创办《图南日报》宣传革命。光绪三十二年（1906），受孙中山委派，建立同盟会新加坡分部，发动南洋各埠的中和堂成员入会，并募捐资助国内武装起义。宣统元年（1909），被河口起义失败避地新加坡的人员犯案牵连入狱，旋得孙中山驰函保释。宣统二年（1910），尢列秘密返国，先赴东北策动新军吴禄祯反正，途中闻吴遇害，遂折往云南，协助蔡锷起义。中华民国临时政府成立初期，尢列组织中和北伐军，并策动滇黔等省兵力抗击清将张勋部，保卫了南京。南北和议达成后，改中和堂为中和党，让武装人员解甲归业。1913年春，袁世凯企图笼络尢列，派人到香港相邀。尢列起初并未认识袁的真面目，以为其人尚有为国诚意，遂偕同助手吕信之、朱耀明等人京。不久识穿真相，秘密离京，东渡日本暂避。翌年，潜返汉口，组织中和救世军讨袁，事泄遭通缉，再度避居日本。袁世凯死后，尢列见政权仍被北洋军阀窃踞，认为事无可为，继续侨居日本神户，以教书卖文为生。

1921年，尢列从日本返香港。不久，应孙中山之邀，回广州任总统府顾问。数月后，因与陈少白等不合，引退返港，创办皇觉书院，宣扬尊孔救国，并参与组织中华国医学会，当选总干事。1931年，国民党中央政府召开国难会议，邀集海内外的隐退元老出席，尢列告病不赴，电陈御敌救亡方略。其后多次致电中央政府及粤桂当局，呼吁统一。1936年7月，扶病赴南京谒祭中山陵，并向蒋介石面陈救国方略。同年12月12日，病逝南京，下葬于麒麟门外小白龙山。

尢列著有《四书章节易解》、《四书新案》、《孔教革命》、《小园诗存》等。“尢”为“尤”的本字，今通作“尤”。但尢列的手迹签名均作“尢”。个中原因，其孙尢嘉博《尢氏考证》说：“先祖尢列尝言，无锡尤氏本亦无点，乾隆皇帝游抵无锡，将尢字误写作尤。族人即禀告尢字无点，乾隆乃将错就错曰：‘既然如此，朕赐一点可也。’是故锡山尢氏祠，‘尢’本身髹黑色，而该点髹红色。先祖与清廷为敌，自不稀罕所谓御赐，乃摒弃其一点，实大有意义存焉。”

3. 澳大利亚墨尔本首位华人市长苏震西

苏震西（1948— ），祖籍广东顺德杏坛，生于香港，是澳大利亚首位华人市长。

1965年17岁时，他从香港到墨尔本留学，进入墨尔本大学，勤工俭学去餐馆打杂工。拿到墨尔本大学科学系的学位后，他又到教育系进修，毕业后在市区一间中学任教。几年后，苏震西当了皇家理工学院教师。1976年在佛林斯街开设了他的第一家餐馆，之后自己当厨师兼老板，与饮食业结缘。

1986年，经过七年积累的苏震西在唐人街开办酒楼，成为墨尔本中餐业最大的老板，获得拿破仑杰出人物奖，被推举为维多利亚饮食业协会主席。1991年，以争取华人权益和各民族平等，实行多元化为参政理念，苏震西连续三届当选为墨尔本市议员。

2001年7月，苏震西在墨尔本市首次市长竞选过程中击败了数位重量级候选人，当选首位民选市长，并连任到2008年，成为该市任期最长的市长。他任内一直致力于提高城市品位，关注社区服务和各种慈善事业，成功举办大型运动会等活动，享有良好的国际美誉，还曾入选世界最合适人类居住城市。苏震西对墨尔本的热爱，对工作和人道主义事务的持久热情和谦虚的作风，使其成为澳大利亚最受欢迎的政治家之一。

近三十年来，苏震西经常回国内考察观光，曾于2001年和2006年两次回乡访问，顺德的政府代表团也于2002年到澳大利亚拜访过苏镇西。每次见面，除了官方交流，还共叙乡情。苏镇西在第二次回乡时，在区政府的欢迎宴会上，用流利的粤语动情地说："少小离家老大回，虽然现在年纪还未算太老，仍应时刻谨记自己是顺德人，抓紧为民众办事，为家乡争光。"

银行家及慈善家

杏坛人是典型的善于经营生活与商道的顺德人代表，既能吃苦耐劳又能长袖善舞，既有担当世界产业的气魄，又有眷顾乡土扶助贫弱的热肠。尤其到了当代，这里产生了像梁銶琚、梁洁华、何享绵、伍宜孙、伍絜宜、林文恩、梁孔德、梁刘柔芬、胡宝星、吴祯贻、潘祥等闻名的港澳同胞，还有像拥有中国驰名商标的康宝电器有限公司董事长罗小甲、著名商标甘竹牌东方鱼罐头有限公司董事长林海等人物，他们分别在工商业、银行业、服务业中成为闻名遐迩的领袖，还成为社会公益事业的慷慨支持者、慈善家。从他们身上，我们又看到另一类令人感奋、钦佩的杏坛人。

1. 大慈善家梁銶琚

梁銶琚（1903—1994），杏坛北头村人，1903年生。由于自幼受到家庭良好的教育和熏陶，年轻时就已显示出过人的才智。初涉商海，凭藉过人的眼光和果敢的判断，20余岁就已在省、港、澳等地的银业及贸易界崭露头角。

几十年敬业乐业的艰苦奋斗使梁銶琚先生的事业取得了卓著的成就。特别是与人合作创办的大昌贸易行，业务扩展幅度大，经营项目包罗万象，成为在香港地区可以与英资大银行媲美的华资商行。1991年底，梁銶琚先生的恒（生）（大）昌出让股权时，资产净值已达70多亿港元，与创办时比较，增长逾1500倍，成为香港的商业巨子。

梁銶琚

梁銶琚先生是一个著名的慈善大家。他一贯主张“财物得之于社会，应当用之于社会”。数十年来，他济世为怀，对社会公益事业，尤其是对教育、卫生事业的赞助不遗余力，贡献甚巨，荣居“香港十大慈善家”之列。

改革开放的春风吹遍神州大地，梁銶琚先生以满腔热情支持家乡建设。从1979年起，他先后在家乡杏坛镇捐建了杏坛医院留医部、北头大会堂、北头小学、杏坛梁銶琚中学、杏坛梁銶琚文娱康乐中心等；20世纪80年代初，顺德的文化设施还比较落后，偌大的县城，竟然没有一间像样的图书馆。为了使家乡的文化建设不落后于经济发展的步伐，梁銶琚先生捐资港币350万元兴建顺德梁銶琚图书馆，给莘莘学子及各界人士提供了一个读书阅览的好环境。此后，又捐建了顺德梁銶琚中学、梁銶琚夫人妇幼保健中心、梁銶琚夫人幼儿园等，还捐资设立了顺德梁銶琚博士福利基金会。

多年来，他为顺德的社会公益事业捐资达4000万港元。为了表彰梁銶琚先生对家乡的杰出贡献，顺德市人民政府于1992年11月授予他“顺德市荣誉市民”称号。

“得志当为天下雨，立身要有古人风。”这是梁銶琚先生的座右铭。梁銶琚先生不仅积极支持家乡的文化教育事业，对香港、内地的高等教育事业同样慷慨捐赠。他是香港大学和香港中文大学的主要捐赠人之一。他领先捐建的广州中山大学梁銶琚堂，开创了支持内地高等教育事业的先河。20世纪90年代，梁銶琚先生把支持高等教育的善举延伸到首都北京。1993年，他为清华大学捐资1000万港元修建“建筑馆”；之后，又捐资1000万港元设立清华大学“梁銶琚博士图书基金”。他曾高兴地说：“我捐教育，从北头捐到北京！”1994年3月，梁銶琚先生与香港恒生银行另外三名董事会成员——何善衡博士、利伟国爵士及何添博士，各捐资港币一亿元成立“何梁何利基金”，被称为中国的诺贝尔奖。当时任副总理的朱镕基称赞这一基金的设立为“壮举和善举”，“它将有利于创造一种尊重科学、尊重教育和尊重人才的社会风气”。对梁銶琚博士的这些义举和贡献，当时任国务院总理的李鹏亲笔赠以题词：“热心公益，发展教育”。这是对梁銶琚先生为国内科学和教育事业作出巨大贡献的高度概括。

梁銶琚先生在事业上的成就和对社会的巨大贡献，深为各界的嘉许和社会的称颂，被誉为商界巨子、慈善大家。1987年3月，香港中文大学由香港署理港督钟逸杰爵士主持，颁授梁銶琚先生荣誉社会科学博士学位。1994年9月，北京清华大学校长王大中博士亲临香港，颁授梁銶琚先生名誉博士学位，这是经国务院学位委员会批准的。梁銶琚先生是清华大学的第二位名誉博士，也是作为社会活动家被授予名誉博士学位的第一人。1990年，梁銶琚博士还被广州中山大学委任为名誉顾问。

梁銶琚先生虽然已于1994年11月辞世，但他那仁厚谦和的高尚品格、稳健迈进的创业精神、慈善为怀的博大胸襟，将永远铭记在人们心中。

2. 永隆银行创办人伍宜孙

伍宜孙（1905—2006），杏坛古朗双凤坊人。香港永隆银行有限公司创办人，永时实业有限公司董事长，香港顺德联谊总会永远名誉会长，顺德市荣誉市民。伍宜孙的祖父伍宜康早年在广州设立昭隆银号，远近闻名，因世乱天灾，家道日渐中落。伍宜孙14岁便到香港泰来银号打工，为人谦逊勤奋，深得老板伍季明赏识，20岁便担任老板的副手。1933年，年仅28岁的伍宜孙筹集资金4万多元，在香港文咸东街创办了永隆银号，后其弟伍絜宜加入，自此，伍氏昆仲以“进展不忘稳健，服务必尽忠诚”为行训，锐意扩展，不断发展壮大，1956年注册为有限公司，伍宜孙任董事长，1960年改称银行，1980年成为上市公司。永隆银行经历了60余年的艰苦历程，位处香港这个世界金融中心而巍然屹立。至1997年，永隆银行除总行外，港九新界共有34间分行，在广州设有代表办事处，在美国及开曼群岛设有分行。

伍宜孙

功成名就的伍宜孙一贯雅淡俭朴，却念念不忘对社会的回报，不遗余力支持公益事业。伍宜孙、伍絜宜昆仲早于1973年就分别捐资100万港元设立香港大学“永隆银行医学研究基金”及香港中文大学“永隆银行发展中国文化基金”，往后又捐巨款建设九龙慈云山伍若瑜健康院、新界葵涌伍若瑜夫人健康院、东华三院伍若瑜护理安老院，另外还捐建一所为中度弱智人士提供庇护的永隆银行金禧庇护工场及宿舍，还设立“港大德育研究基金”及香港中文大学“助残医疗教育基金”等。伍宜孙为追怀伍季明的知遇之恩，特捐建荃湾伍季明纪念小学及家乡伍季明纪念堂。

伍宜孙对桑梓具无限深情，热心支持家乡福利事业，近年来与其弟伍絜宜合共捐资2000多万港元，建有龙潭至古朗公路工程、自来水工程、伍蒋惠芳中学、古朗学校、南朗小学、北水小学、卫生站、托儿所、会堂、桥梁、风雨亭等，并为家乡古朗设立了发展工副业基金。还捐资给市慈善基金、教育基金，捐资港币1000万元兴建顺德伍仲佩纪念医院，捐资助建顺德体育中心、勒流医院、龙江卫生院、勒流光大幼儿园等各项公益福利项目。

伍宜孙1976年荣休，寄情山水，悉心盆景艺术，宣扬此国粹。凭多年栽种盆景的经验，著成《文农盆景集》，为世界各大图书馆收藏。其盆栽杰作驰名中外，多次获国内外授予各种殊荣。加拿大著名的纽宾士域大学为表扬他研究中国艺术所取得的成就，特颁授荣誉文学博士学位，该大学创校二百余年，获此殊荣的仅得四人。中国科学院南京分院则颁授荣誉植物学博士，以及香港浸会大学颁授荣誉文学博士衔。

伍宜孙刻苦的创业精神，浓厚的乡梓情谊，在伍氏年轻一辈中得以继承和发扬光大。伍宜孙为福泽桑梓作出了很大贡献，顺德市人民政府授予他"顺德市荣誉市民"称号。

以上的名人只是古往今来杏坛人才的十数例，而更多的人才，正在这片古老而不衰、富裕而不骄的杏坛土地上孕育着、成长着、壮大着。

五、古镇新姿　杏坛腾飞

经济总量不断提升

改革开放以来，杏坛镇历届党委政府充分发挥自身的优势，全力打造“科技工业、生态农业、水乡文化”三大产业品牌，经济社会各项事业发生了翻天覆地的变化。2008年全镇实现本地生产总值72亿元，工农业总产值205亿元，商贸业（含批发零售餐饮业）销售总额41.7亿元，国地两税税收总收入6.05亿元。目前，全镇共有6000多家工商企业，其中一大批为拥有中国驰名商标、广东省著名商标等的国内外知名企业。随着《珠江三角洲地区改革发展规划纲要（2008—2020）》的正式颁布实施，广佛同城化战略全面推进，杏坛镇迎来新一轮的发展高潮。

根据顺德一城三片区的规划思路，杏坛未来将发展成为顺德重要的产业新城。镇委

古镇新姿

镇政府结合杏坛的区位优越，规划今后的产业发展实行三个结合：一是产业发展与改善村级基础设施，推进新农村建设相结合，提升村级经济发展水平；二是产业发展与保护环境相结合，摒弃以往高能耗、高污染、低效益的发展模式，在发展的同时注重环境的保护，打造宜商宜居的水乡环境，吸引优质企业落户杏坛，促进产业结构的优化调整；三是产业发展与建设特色新城相结合，充分利用杏坛特有的岭南水乡文化，切实做好文物古迹的开发及保育，进一步打造“水乡杏坛”的文化名片，大力发展第三产业。

民生事业全面加强

加强教育设施建设，加快推进教育现代化，全力推进薄弱学校改造工程，易地重建桑麻小学、新中心小学，全镇形成成人教育、高职教育、中小学教育、幼儿教育等完善的教育网络。加强卫生事业建设，易地重建杏坛新医院，加快村（居）卫生网络的完善和发展，让人人享有初级卫生保健的目标得到实现；投入巨资推进全镇水利防灾减灾工程，有效提升了杏坛镇防洪防灾能力。加大内河涌治理力度，建设生活污水处理系统并投入使用。加大社会治安综合治理，群众安居乐业，推进就业和再就业工程，社会保障体系得到进一步完善，群众生活满意度和幸福感与日俱增。

杏坛医院

路网建设一日千里

冲破樊篱，三条高等级公路穿越杏坛。为加快杏坛的全面发展，在上级有关部门的大力支持下，

杏坛中学

近年来杏坛镇加大城乡基础设施建设力度。继之前高赞大桥、新涌新桥、甘竹滩大桥相继建成通车后，又全力推进高富路、佛山一环南延线、珠二环高速公路等重点路网工程建设，三条高等级公路打通杏坛与广佛的连接，从此杏坛孤岛不孤。同时，杏坛镇先后建成了110千伏吉安变电站和550千伏海凌变电站，全面完成220千伏供电线路工程征地架网工程。这些路网电网的建成，为杏坛新一轮的经济大发展驻入动力、驻入人气、驻入机遇。

主动融合，镇域干线四通八达。借三条高等级公路穿越杏坛的机遇，杏坛加快规划布局，加快推进镇域道路的建设，一方面完善杏龙路、百安路、二环路南段等对接程，另一方面全面加快推进二环路北段、齐宁路与高富路连接段的规划建设。与此同时，加快开展齐新路北河段的改造工程，让广大市民享受到交通大发展所带来的工作和生活便利。

杏坛水利设施

均衡发展，村道建设如火如荼。杏坛村多镇大，发展不够平衡，面对广佛同城化带来的杏坛交通建设热潮，杏坛在省、市、区各项路网工程建设的同时，同步规划村（居）的道路连接，完善多条旧村路、入村道等配套设施。杏坛的各个村（居）也积极行动，利用推进“三路一线”重点工程项目征地工作契机，把村（居）路网建设予以优先发展。

随着路网的日臻完善，杏坛与龙江、乐从、勒流、均安和整个中心城区（大良、容桂）连成一片，乃至与广州、香港、澳门等大动脉连通一体，使杏坛正式融入5分钟都市生活圈、30分钟城际生活圈、60分钟国际生活圈。

历史文化结出硕果

杏坛镇在发展经济的同时，十分注重历

史文化的保护传承发展工作。近年来，区、镇、村三级共投入近900万元，完成了右滩黄氏大宗祠、昌教黎氏家庙、北水尢列故居、逢简金鳌桥和明远桥等文物的修缮工作。同时开展第三次全国文物普查工作，摸清文物基本情况。开展全镇非物质文化普查申报工作，重点对龙舟说唱、锣鼓柜、光华人龙舞、水乡婚俗等十个项目进行普查和申报。到目前为止，杏坛镇的龙舟说唱和人龙舞项目入选国家非物质文化遗产名录，锣鼓柜评为广东省非物质文化遗产，伍于筹、尤学尧成为国家级非物质文化遗产传承人。

为了传承这些优秀的历史文化，杏坛镇在区文体局的大力支持下，建立了民俗民间文化保护工程培训基地，举办了龙舟说唱、锣鼓柜等培训班，培训新老学员80多人。同

杏坛文化广场

时积极搭建平台，让这些优秀的文化艺术品牌走出去，唱得响。2008年3月27日，杏坛锣鼓柜与顺德福祥大鼓应邀参加了“北京2008奥运会开幕倒计时500天鼓乐庆典晚会”，同年又应邀参加了香港回归十周年大巡游。2008年12月，文化部授予杏坛镇“中国民俗民间艺术之乡”（水乡民俗类）的光荣称号。2009年5月，锣鼓柜、龙舟说唱应澳门特别行政区政府文化局邀请，参加了第二十届澳门艺术节表演活动，展示了杏坛民俗民间艺术的丰厚魅力。

后记

杏坛，这个著名的水乡古镇，很早就注重保护、整理本土的历史文化，曾在2003年编著了《千年水乡话杏坛》一书，故此，作者经杏坛镇领导及该书主编的同意，得以参考该书中大量的宝贵资料。特此声明。

杏坛镇政府党委委员陈瑞贞女士和宣教文卫办公室主任潘永成先生主持了本书的拟定提纲、筛选内容及反复审阅的工作；宣教文卫办公室的文化助理刘伟杰先生、杏坛镇文化站站长邓家声先生、退休教师谭回华先生为作者的资料收集、采访、摄影、撰稿付出了很大辛劳，提供了大量的第一手素材；此外，杏坛宣教文卫办公室和文化站的其他工作人员亦为本书的编撰提供了帮助。应该说，《名镇杏坛》一书是这些杏坛人共同编著的，作者在此表示深深的感谢。

另外说明两点如下：

一、本书的参考书目有：

《千年水乡话杏坛》（李健明主编，长春：时代文艺出版社，2003.7）

《顺德粤剧》（顺德文丛，张解民　叶春生等编著，北京：人民出版社，2005）

《顺德文化人》（顺德报社主编，香港：华夏文化出版社有限公司，2003）

《顺德桑基鱼塘》（郭盛晖编著，顺德文丛第二辑，人民文学出版社出版发行，2007年）

二、本书图片大部分由杏坛镇宣教文卫办从历届摄影大赛参赛作品中选取，摄影者有陈国权、伍学文、李石翰、黄浩明等。

三、《正宗嫡传的永春拳》部分为作者访永春拳第四代传承人陈国基先生所述摘录。

岑丽华

2009年9月6日

《岭南文化知识书系》已出书目

书 名	作 者	出版时间	定 价
1.禅宗六祖慧能	胡巧利	2004 年 10 月	10.00
2.广东塔话	陈泽泓	2004 年 10 月	10.00
3.明代大儒陈白沙	曹太乙	2004 年 10 月	10.00
4.南越国	黄淼章	2004 年 10 月	10.00
5.广州中山纪念堂	卢洁峰	2004 年 10 月	10.00
6.巾帼英雄冼夫人	钟万全	2004 年 11 月	10.00
7.岭南书法	朱万章	2004 年 12 月	10.00
8.西关风情	梁基永	2004 年 12 月	10.00
9.十三行	中荔	2004 年 12 月	10.00
10.孙中山	李吉奎	2004 年 12 月	10.00
11.梁启超	刘炎生	2004 年 12 月	10.00
12.粤剧	龚伯洪	2004 年 12 月	10.00
13.梁廷枏	王金锋	2005 年 1 月	10.00
14.开平碉楼	张国雄	2005 年 1 月	10.00
15.佛山秋色艺术	余婉韶	2005 年 3 月	10.00
16.潮州木雕	杨坚平	2005 年 3 月	10.00
17.粤剧大师马师曾	吴炯坚、吴卓筠	2005 年 3 月	10.00
18.清官陈瑸	吴茂信	2005 年 3 月	10.00
19.北伐名将邓演达	杨资元、冯永宁	2005 年 4 月	10.00
20.黄埔军校	李明	2005 年 4 月	13.00
21.龙母祖庙与龙母传说	欧清煜	2005 年 4 月	10.00
22.岭南近代著名建筑师	彭长歆	2005 年 4 月	10.00
23.潮州开元寺	达亮	2005 年 8 月	10.00

24.光孝寺	胡巧利	2005年9月	10.00
25.中国电影先驱蔡楚生	蔡洪声	2005年9月	10.00
26.抗日名将蔡廷锴	贺朗	2005年9月	10.00
27.南海神庙	黄淼章	2005年9月	10.00
28.话说岭南	曾牧野等	2005年10月	10.00
29.历史文化名城平海	张伟海、薛昌青	2005年10月	10.00
30.晚清名臣张荫桓	李吉奎	2005年10月	10.00
31.五层楼下	李公明	2005年10月	10.00
32.龙舟歌	陈勇新	2005年10月	10.00
33.潮剧	陈历明	2005年10月	10.00
34.客家	董励	2005年10月	10.00
35.开平立园	张健人、黄继烨	2005年11月	10.00
36.潮绣抽纱	杨坚平	2005年11月	10.00
37.粤乐	黎田	2005年11月	10.00
38.枫溪陶瓷	丘陶亮	2005年11月	10.00
39.岭南水乡	朱光文	2005年11月	10.00
40.岭南名儒朱九江	朱杰民	2005年12月	10.00
41.冼夫人文化	吴兆奇、李爵勋	2005年12月	10.00
42.潮汕茶话	郭马风	2006年1月	10.00
43.陈家祠	黄淼章	2006年1月	12.00
44.黄花岗	卢洁峰	2006年1月	13.00
45.潮汕文化	陈泽泓	2006年3月	10.00
46.广州越秀古书院	黄泳添、陈明	2006年3月	10.00
47.清初岭南三大家	端木桥	2006年3月	10.00
48.韩文公祠与韩山书院	黄挺	2006年3月	10.00
49.陈济棠	肖自力、陈芳	2006年3月	10.00

50.小说名家吴趼人	任百强	2006 年 4 月	10.00
51.广东古代海港	张伟湘、薛昌青	2006 年 4 月	10.00
52.粤剧大师薛觉先	吴庭璋	2006 年 7 月	10.00
53.英石	赖展将	2006 年 7 月	10.00
54.潮汕建筑石雕艺术	李绪洪	2006 年 9 月	10.00
55.叶挺	卢权、禤倩红	2006 年 9 月	10.00
56.盘王歌	李筱文	2006 年 9 月	10.00
57.历史文化名城新会	吴瑞群、张伟海	2006 年 9 月	10.00
58.石湾公仔	刘孟涵	2006 年 10 月	10.00
59.粤曲名伶小明星	黎田	2006 年 11 月	10.00
60.袁崇焕	张朝发	2006 年 11 月	10.00
61.马思聪	陈夏、鲁大铮	2006 年 12 月	12.00
62.潮汕先民探源	陈训先	2006 年 12 月	12.00
63.五仙传说	广州市越秀区文联	2006 年 12 月	12.00
64.历史文化名城雷州	余石	2006 年 12 月	12.00
65.雷州石狗	陈志坚	2006 年 12 月	12.00
66.岭南文化古都封开	梁志强、朱英中、薛昌青	2006 年 12 月	14.00
67.始兴围楼	廖晋雄	2007 年 1 月	12.00
68.海外潮人	陈骅	2007 年 1 月	12.00
69.镇海楼	李穗梅	2007 年 1 月	12.00
70.潮汕三山国王崇拜	贝闻喜	2007 年 1 月	12.00
71.广东绘画	朱万章	2007 年 5 月	12.00
72.潮州歌册	吴奎信	2007 年 6 月	12.00
73.海幢寺	林剑纶、李仲伟	2007 年 6 月	12.00
74.黄埔沧桑	龙莆尧	2007 年 7 月	12.00
75.粤北采茶戏	范炎兴	2007 年 7 月	12.00

76.广东客家山歌	莫日芬	2007 年 7 月	12.00
77.孙中山大元帅府	李穗梅	2007 年 8 月	12.00
78.梁园	王建玲	2007 年 8 月	12.00
79.康有为（南粤先贤）	赵立人	2007 年 8 月	12.00
80.韩愈（南粤先贤）	洪流	2007 年 9 月	12.00
81.广州起义	黄穗生	2007 年 9 月	12.00
82.中共“三大”	杨苗丽	2007 年 9 月	12.00
83.羊城旧事	杨万翔	2007 年 9 月	12.00
84.苏兆征	禤倩红、卢权	2007 年 10 月	12.00
85.潮汕侨批	王炜中	2007 年 10 月	12.00
86.利玛窦	萧健玲	2007 年 10 月	12.00
87.肇庆鼎湖山	余秀明	2007 年 11 月	12.00
88.历史文化名城梅州	胡希张	2007 年 11 月	12.00
89.乐昌花鼓戏	罗其森	2007 年 11 月	12.00
90.司徒美堂	张健人、黄继烨	2007 年 12 月	10.00
91.乐昌风物与古文化遗存	沈扬	2008 年 1 月	12.00
92.李文田	梁基永	2008 年 1 月	12.00
93.名镇乐从	李梅、蔡遥炘	2008 年 3 月	12.00
94.英德溶洞文化	赖展将	2008 年 4 月	12.00
95.陈昌齐	吴茂信	2008 年 4 月	12.00
96.丘逢甲（南粤先贤）	葛人	2008 年 4 月	12.00
97.张九龄（南粤先贤）	王镝非	2008 年 4 月	12.00
98.陈垣	张荣芳	2008 年 4 月	12.00
99.历史文化名城肇庆	丘均、赖志华	2008 年 7 月	12.00
100.粤曲	黎田、谢伟国	2008 年 7 月	12.00
101.广州牙雕史话	曾应枫	2008 年 8 月	12.00
102.越秀山	曾新	2008 年 8 月	15.00
103.六榕寺	李仲伟、林剑纶	2008 年 9 月	15.00
104.丁日昌（南粤先贤）	黄赞发、陈琳藩	2008 年 9 月	15.00

105.陈恭尹（南粤先贤）	端木桥	2008年10月	15.00
106.屈大均（南粤先贤）	董上德	2008年10月	15.00
107.阮元（南粤先贤）	陈泽泓	2008年10月	15.00
108.余靖（南粤先贤）	黄志辉	2008年11月	15.00
109.关天培（南粤先贤）	黄利平	2008年11月	15.00
110.名镇太平	邓锦容	2008年11月	15.00
111.黄遵宪（南粤先贤）	郑海麟	2008年12月	15.00
112.郑观应（南粤先贤）	刘圣宜	2009年1月	15.00
113.北江女神曹主娘娘	林超富	2009年1月	15.00
114.南音	陈勇新	2009年1月	15.00
115.葛洪（南粤先贤）	钟　东、钟易翚	2009年7月	15.00
116.翁万达（南粤先贤）	陈泽泓	2009年7月	15.00
117.佛山精武体育会	张雪莲	2009年7月	15.00
118.客家民间艺术	林爱芳	2009年8月	15.00
119.詹天佑（南粤先贤）	胡文中	2009年8月	15.00
120.广东“客商”	闫恩虎	2009年9月	15.00
121.广府木雕	邹伟初	2009年9月	15.00
122.潮州音乐	蔡树航	2009年10月	15.00
123.端砚	沈仁康	2009年10月	15.00
124.冯如（南粤先贤）	黄庆昌	2009年11月	15.00
125.广东出土明本戏文	陈历明	2009年11月	15.00
126.五邑银信	刘　进	2009年11月	15.00
127.名镇容桂（顺德名镇）	张欣明	2009年11月	15.00
128.名镇均安（顺德名镇）	张凤娟	2009年11月	15.00
129.名镇勒流（顺德名镇）	梁景裕	2009年11月	15.00
130.名镇龙江（顺德名镇）	张永锡	2009年11月	15.00
131.名镇伦教（顺德名镇）	田丽玮	2009年11月	15.00
132.名镇大良（顺德名镇）	李健明	2009年11月	15.00
133.名镇陈村（顺德名镇）	李健明	2009年11月	15.00

134.名镇杏坛（顺德名镇）	岑丽华	2009年11月	15.00
135.名镇北滘（顺德名镇）	梁绮惠、王基国	2009年11月	15.00